I0715261

卞尺丹几乙し丹卞と

Translated Language Learning

Alices Abenteuer im Wunderland

অ্যালিসের অ্যাডভেঞ্চারস ইন ওয়ান্ডারল্যান্ড

Lewis Carroll

লুইস ক্যারল

Deutsch / বাংলা

Copyright © 2024 Tranzlaty
All rights reserved
Published by Tranzlaty
ISBN: 978-1-83566-791-0
Original text: Alice's Adventures in Wonderland
by Lewis Carroll (1865)
Abridged by Sam'l Gabriel Sons (1916)
www.tranzlaty.com

Runter in den Kaninchenbau
নিচে খরগোশের গর্ত

Alice fing an, sehr müde zu werden

অ্যালিস খুব ক্লান্ত হতে শুরু করেছিল

Sie saß neben ihrer Schwester auf der Grasbank

ঘাসের পাড়ে বোনের পাশে বসেছিলেন তিনি

aber sie hatte nichts zu tun

কিন্তু তার কিছুই করার ছিল না

Ihre Schwester las ein Buch

মেয়েটির বোন একটি বই পড়ছিল

Ein- oder zweimal schaute Alice in das Buch

দু–একবার অ্যালিস বইয়ে উঁকি দিল

aber das Buch enthielt keine Bilder oder Gespräche

কিন্তু বইটিতে কোনো ছবি বা কথোপকথন ছিল না

"Was nützt ein Buch ohne Bilder?", dachte Alice

"ছবি ছাড়া বই দিয়ে কী লাভ?" অ্যালিস ভাবল

"Warum sollte ein Buch keine Gespräche führen?"

"কেন একটি বইয়ে কোনও কথোপকথন থাকবে না?

Aber sie hatte noch andere Dinge zu bedenken

কিন্তু তার অন্য কিছু বিষয় বিবেচনার ছিল

"Es wäre ein Vergnügen, eine Kette aus Gänseblümchen zu machen"

"ডেইজির একটি চেইন তেরি করা একটি আনন্দ হবে"

"Aber lohnt es sich, aufzustehen und die Gänseblümchen zu pflücken??"

"কিন্তু উঠে দাঁড়িয়ে ডেইজি বাছাই করার চেষ্টার কি কোনো মূল্য আছে??"

Das war nicht so leicht zu denken

এটা ভাবা এত সহজ ছিল না

weil sie sich an diesem Tag schläfrig und dumm fühlte

কারণ দিনটি তাকে ঘুম এবং বোকা বোধ করছিল

aber plötzlich wurden ihre Gedanken unterbrochen

কিন্তু হঠাৎ তার চিন্তায় ছেদ পড়ল

ein weißes Kaninchen mit rosa Augen lief nah an ihr vorbei

গোলাপী চোখের একটি সাদা খরগোশ তার পাশ দিয়ে দৌড়ে গেল

Es war nichts übermäßig Bemerkenswertes an dem Kaninchen

খরগোশের মধ্যে অস্বাভাবিক কিছু ছিল না

und Alice fand das Kaninchen auch nicht bemerkenswert

এবং অ্যালিসও খরগোশটিকে উল্লেখযোগ্য মনে করেনি

auch überraschte es sie nicht, als das Kaninchen sprach

খরগোশের কথা শুনলেও সে অবাক হয়নি

»O je! Ich werde zu spät kommen!« sagte er zu sich selbst

"ওহ ডিয়ার! আমার অনেক দেরি হয়ে যাবে!" সে মনে মনে বলল

aber dann tat das Kaninchen etwas, was Kaninchen nicht tun

কিন্তু তারপর খরগোশ এমন কিছু করল যা খরগোশরা করেনি

das Kaninchen zog eine Uhr aus der Westentasche

খরগোশ তার ওয়েস্টকোট–পকেট থেকে একটি ঘড়ি বের করল

Er schaute auf die Uhr und eilte dann weiter

সময়ের দিকে তাকিয়ে তাড়াতাড়ি চলে গেলেন

Alice erhob sich erstaunt

অ্যালিস অবাক হয়ে উঠে দাঁড়াল

Sie hatte noch nie zuvor ein Kaninchen mit Weste gesehen!

ওয়েস্টকোট পরা খরগোশ সে আগে কখনো দেখেনি!

noch hatte sie je ein Kaninchen mit einer Uhr gesehen!

ঘড়িওয়ালা খরগোশকেও সে কখনো দেখেনি!

Alice brannte vor neuer Neugierde

অ্যালিস একটি নতুন কৌতূহলে জ্বলছিল

und sie rannte über das Feld hinter dem Kaninchen her

এবং সে খরগোশের পিছনে মাঠ জুড়ে দৌড়েছিল

Sie kam gerade noch rechtzeitig, um das Kaninchen verschwinden zu sehen

তিনি খরগোশটিকে অদৃশ্য হয়ে যেতে দেখার ঠিক সময়ে ছিলেন

Das Kaninchen hüpfte in einen großen Kaninchenbau hinab

খরগোশটা লাফিয়ে নেমে পড়ল একটা বড় থরগোশের গর্তে

Im nächsten Augenblick stürzte Alice hinter dem Kaninchen her!

আর এক মুহূর্তে, থরগোশের পিছনে অ্যালিস নেমে গেল!

Der Kaninchenbau ging geradeaus wie ein Tunnel

খরগোশের গর্তটা সুড়ঙ্গের মতো সোজা চলে গেল

und der Tunnel ging noch eine Weile weiter

আর সুড়ঙ্গ কিছুদূর যেতে থাকল

und dann senkte sich der Weg plötzlich hinunter

আর তারপরই হঠাৎই পথটা নেমে গেল

Alice hatte keinen Augenblick, daran zu denken, ob sie sich zurückhalten sollte

নিজেকে থামানোর কথা ভাবতে এক মুহূর্তও সময় পেল না অ্যালিস

Sie fiel hin und hinunter und hinunter

সে নিজেকে নিচে নামতে এবং নীচে নামতে এবং নীচে দেখতে পেল

Es schien, als sei sie in einen sehr tiefen Brunnen gefallen

মনে হচ্ছিল যেন খুব গভীর কোনো কুয়োয় পড়ে গেছে

Entweder war der Brunnen sehr tief, oder sie fiel sehr langsam

হয় কূপটি খুব গভীর ছিল, অথবা সে খুব ধীরে ধীরে পড়েছিল

denn sie hatte viel Zeit zum Fallen

কারণ তার পতনের জন্য প্রচুর সময় ছিল

Als sie fiel, konnte sie sich umsehen

পড়ে যাওয়ার সময় সে তার চারপাশে তাকাতে পারছিল

Zuerst versuchte sie herauszufinden, wohin sie ging

প্রথমে তিনি বোঝার চেষ্টা করলেন তিনি কোথায় যাচ্ছেন

aber der Brunnen war zu dunkel, um etwas zu sehen

কিন্তু কুয়োটা এত অন্ধকার ছিল যে কিছুই দেখা যাচ্ছিল না

Dann blickte sie auf die Seiten des Brunnens

তারপর কুয়োর দু'ধারের দিকে তাকালেন

Und sie bemerkte, dass überall um sie herum Schränke standen

এবং তিনি লক্ষ্য করলেন যে তার চারপাশে আলমারি রয়েছে

und rings um den Brunnen waren Bücherregale

আর কুয়োর চারপাশে বইয়ের তাক

Hier und da sah sie Karten und Bilder, die an Pflöcken hingen

এখানে–সেখানে খুঁটির ওপর ঝোলানো মানচিত্র আর ছবি দেখল সে

Im Vorbeigehen nahm sie ein Glas aus einem der Regale

পাশ দিয়ে যাওয়ার সময় একটা তাক থেকে একটা জার নামিয়ে নিল সে

Das Glas wurde für seinen Inhalt gekennzeichnet

জারটি তার সামগ্রীর জন্য লেবেলযুক্ত ছিল

"MARMELADE AUS ORANGEN"

"কমলা থেকে তৈরি মোরক্বা"

Aber zu ihrer großen Enttäuschung war das Marmeladenglas leer

কিন্তু, তার চরম হতাশার জন্য, মোরক্বার জারটি খালি ছিল

Sie wollte das leere Marmeladenglas nicht fallen lassen

খালি মোরক্বার বয়ামটা ফেলে দিতে ইচ্ছে করছিল না

und ihr Fall war sehr langsam

এবং তার পতন খুব ধীর ছিল

So schaffte sie es, das Marmeladenglas in einen der Schränke zu stellen

তাই সে মোরক্বার বয়ামটা একটা আলমারিতে ঢুকিয়ে রাখতে পেরেছে

Nieder, hinunter, hinunter fiel sie!

নিচে, নিচে, নিচে সে পড়ে যায়!

Würde der Fall jemals ein Ende haben?

এই পতন কি কখনো শেষ হবে?

Es gab nichts anderes zu tun

আর কিছু করার ছিল না

so fing Alice bald an, mit sich selbst zu reden

তাই অ্যালিস তাড়াতাড়ি নিজের সাথে কথা বলতে শুরু করল

»Dinah wird mich heute abend sehr vermissen, sollte ich meinen!«

"দিনা আজ রাতে আমাকে খুব মিস করবে, আমার ভাবা উচিত!"

Dinah war Alices Katze

দিনা ছিল অ্যালিসের বিড়াল

»Ich hoffe, sie werden sich an ihre Untertasse mit Milch zur Teezeit erinnern.«

"আমি আশা করি তারা চায়ের সময় তার দুধের সসারটি মনে রাখবে"

»Dinah, meine Liebe, ich wünschte, du wärst hier unten bei mir!«

"দিনা, মাই ডিয়ার, আই উইশ ইউ হ্যাভ হিয়ার হিয়ার উইথ মাই হিয়ার!"

Alice fühlte, als würde sie einschlafen

অ্যালিস অনুভব করেছিল যে সে ঘুমিয়ে পড়ছে

Und dann plötzlich, dumpf! Bums!

তারপর হঠাৎই থরথর করে কাঁপতে লাগল! থ্যাম্প!

Sie fiel auf einen Haufen Stöcke

নিচে সে লাঠির স্তূপের উপর পড়ে গেল

und sie landete auf einem Haufen trockener Blätter

এবং সে শুকনো পাতার স্তূপের উপর অবতরণ করল

Und endlich war der lange Sturz in das Loch vorbei

এবং অবশেষে গর্তের নীচে দীর্ঘ পতন শেষ হয়েছিল

Alice war kein bisschen verletzt

অ্যালিস একটুও আহত হয়নি

und sie sprang in einem Augenblick auf

এবং সে এক মুহূর্তের মধ্যে লাফিয়ে উঠল

Sie blickte auf, aber es war alles dunkel über ihr

সে মুখ তুলে তাকাল, কিন্তু মাথার ওপরে সব অন্ধকার

Vor ihr lag ein weiterer langer Korridor

তার সামনে আরেকটি লম্বা করিডোর

und das weiße Kaninchen war noch in Sicht

আর সাদা থরগোশ তখনও দৃষ্টিগোচর হচ্ছিল

Er eilte den Korridor hinunter

সে তাড়াতাড়ি করিডোর দিয়ে যাচ্ছিল

Es war kein Augenblick zu verlieren

এক মুহূর্তও নষ্ট করতে হয়নি

davonlief Alice wie der Wind

অ্যালিস বাতাসের মতো দৌড় দিল

um die Ecke drehte sich das Kaninchen

কোণার দিকে থরগোশ ঘুরিয়ে দিল

Sie kam gerade noch rechtzeitig, um das Kaninchen zu hören

থরগোশের ডাক শোনার জন্য সে ঠিক সময়ে এসেছিল

"Oh, meine Ohren und Schnurrhaare"

""ওহ, আমার কান এবং গোঁফ"

"Wie spät es wird!"

"কত দেরি হয়ে যাচ্ছে!"

Sie war dicht hinter dem Kaninchen

সে থরগোশের পেছনে ছিল

Sie bog um eine weitere Ecke

সে অন্য কোণে ঘুরে দাঁড়াল

aber das Kaninchen war nicht mehr zu sehen

কিন্তু থরগোশকে আর দেখা গেল না

Sie befand sich in einer langen, niedrigen Halle

সে নিজেকে একটি দীর্ঘ, নিচু হলঘরে আবিষ্কার করেছিল

Der Saal wurde von einer Reihe von Deckenlampen erleuchtet

সারি সারি সিলিং ল্যাম্পে আলোকিত হয়ে উঠল হলঘর

Überall im Saal gab es Türen

হলের চারদিকে দরজা ছিল

aber alle Türen waren verschlossen

কিন্তু সব দরজা বন্ধ ছিল

Sie ging den ganzen Weg an der einen Seite des Flurs hinunter

হলের একপাশ দিয়ে হেঁটে হেঁটে গেল সে

Und sie war den ganzen Weg auf der anderen Seite des Flurs hinaufgegegangen

এবং তিনি হলের অন্য দিক পর্যন্ত হেঁটে গিয়েছিলেন

Sie hatte jede Tür ausprobiert

তিনি প্রতিটি দরজা চেষ্টা করেছিলেন

Und sie ging traurig in der Mitte des Saales entlang

আর সে দুঃখের সাথে হলের মাঝখান দিয়ে হেঁটে গেল

"Wie komme ich da mal wieder raus?"

"আমি কীভাবে আবার বের হব?

Plötzlich stieß sie auf einen kleinen Tisch

হঠাৎ সে একটা ছোট্ট টেবিলের সামনে এসে দাঁড়াল

Der Tisch wurde komplett aus massivem Glas gefertigt

টেবিলটি সম্পূর্ণ শক্ত কাচের তৈরি

Auf dem Tisch lag nichts als ein winziger goldener Schlüssel

টেবিলে একটা ছোট্ট সোনার চাবি ছাড়া আর কিছুই ছিল না

Der Schlüssel könnte zu einer der Türen gehören!

চাবিটা বোধহয় কোনো একটা দরজার আছে!

Aber ach! Einige der Schlösser waren zu groß für die Schlüssel

কিন্তু হায়! কিছু তালা চাবির জন্য খুব বড় ছিল

und für die anderen Schlösser war der Schlüssel zu klein

এবং অন্যান্য তালার জন্য চাবিটি খুব ছোট ছিল

aber auf jeden Fall öffnete der Schlüssel keine der Türen

কিন্তু যাই হোক না কেন, চাবি কোনও দরজা খুলল না

Aber was sollte sie tun?

কিন্তু কী করার ছিল তাঁর?

Sie ging wieder durch den Saal

সে আবার হলের ভেতর দিয়ে ঢুকে গেল

Und diesmal bemerkte sie einen niedrigen Vorhang

আর এবার সে একটা নিচু পর্দা চোখে পড়ল

Hinter dem Vorhang war eine kleine Tür

পর্দার আড়ালে একটা ছোট্ট দরজা ছিল

Die Tür war etwa fünfzehn Zoll hoch

দরজাটা প্রায় পনেরো ইঞ্চি উঁচু ছিল

Sie probierte den kleinen goldenen Schlüssel im Schloss aus

সে তালার ছোট্ট সোনালী চাবিটি চেষ্টা করল

Und zu ihrer großen Freude passte der Schlüssel ins Schloss!

এবং তার মহা আনন্দের জন্য, চাবিটি তালায় ফিট করে!

Alice öffnete die Tür

অ্যালিস দরজা খুলল

und sie fand, daß die Tür in einen kleinen Korridor führte

এবং তিনি দরজাটি একটি ছোট করিডোরে চলে যেতে দেখলেন

Der Korridor war nicht viel größer als ein Rattenloch

করিডোরটি ইঁদুরের গর্তের চেয়ে খুব বেশি বড় ছিল না

Sie kniete nieder und blickte den Korridor entlang

সে হাঁটু গেড়ে বসে করিডোরের দিকে তাকাল

Und sie sah den schönsten Garten, den du je gesehen hast

এবং তিনি আপনার দেখা সবচেয়ে সুন্দর বাগান দেখেছেন

wie sehr sie sich danach sehnte, aus dieser dunklen Halle herauszukommen

সেই অন্ধকার হল থেকে বেরিয়ে আসার জন্য তার কত আকাঙ্ক্ষা ছিল

wie sie sich wünschte, zwischen diesen leuchtenden Blumen zu wandern

সেই উজ্জ্বল ফুলের মাঝে সে কেমন যেন ঘুরে বেড়াতে চেয়েছিল

Wie cool die Erfrischung dieser Brunnen aussah

সেই ঝর্ণাগুলো কেমন সুন্দর সতেজ লাগছিল

aber sie konnte nicht einmal ihren Kopf durch die Tür stecken

কিন্তু দরজা দিয়ে মাথা ঢোকাতেও পারছিলেন না তিনি

»Oh,« sagte Alice traurig

"ওহ," অ্যালিস দুঃখের সাথে বলল

»wie sehr wünschte ich, ich könnte mich zusammenfalten wie ein Fernrohr!«

"কত ইচ্ছে করে টেলিস্কোপের মতো গুটিয়ে নিতে!"

"Ich glaube, ich könnte mich zusammenfalten wie ein Teleskop"

"আমি মনে করি আমি টেলিস্কোপের মতো ভাঁজ করতে পারি"

"Wenn ich nur wüsste, wie ich anfangen sollte"

'আমি যদি জানতাম কীভাবে শুরু করতে হয়'

Alice ging zurück an den Tisch

অ্যালিস টেবিলে ফিরে গেল

Es bestand die Möglichkeit, einen weiteren Schlüssel zu finden

সুযোগ ছিল আরেকটা চাবি পাওয়া যাক

Oder es gibt ein Buch mit Regeln

অথবা নিয়মের বই থাকতে পারে

Das Buch könnte ihr sagen, wie man sich wie ein Teleskop zusammenfaltet

বইটি তাকে টেলিস্কোপের মতো ভাঁজ করতে বলতে পারে

Diesmal fand sie ein Fläschchen

এবার তিনি একটি ছোট বোতল পেলেন

"Diese Flasche war gewiß vorher nicht hier," sagte Alice

"এই বোতলটি অবশ্যই আগে এখানে ছিল না," অ্যালিস বলল

Und um den Flaschenhals war ein Papieretikett gebunden

আর বোতলের গলায় বাঁধা ছিল একটা পেপার লেবেল

Das Etikett war wunderschön in großen Buchstaben gedruckt

লেবেলটি সুন্দরভাবে বড় অক্ষরে মুদ্রিত হয়েছিল

"TRINK MICH"

'আমাকে পান করো'

»Nein, ich werde erst nachsehen«, sagte sie

"না, আমি আগে দেখব," সে বলল

"Ich werde sehen, ob die Flasche als giftig gekennzeichnet ist oder nicht."

"আমি দেখব বোতলটি বিষাক্ত হিসাবে চিহ্নিত করা হয়েছে কিনা,"

weil sie die Lektion über das Gift nie vergessen hat

কারণ তিনি বিষ সম্পর্কে পাঠ কখনও ভোলেননি

"Wenn eine Flasche als giftig gekennzeichnet ist, wird sie Ihnen bestimmt nicht zustimmen"

"যদি কোনও বোতলকে বিষাক্ত লেবেল দেওয়া হয় তবে

এটি আপনার সাথে একমত হতে বাধ্য"

Diese Flasche war jedoch nicht als giftig gekennzeichnet

তবে এই বোতলকে বিষাক্ত হিসেবে চিহ্নিত করা হয়নি

so wagte Alice es, den Inhalt der Flasche zu kosten

তাই অ্যালিস সাহস করে বোতলের বিষয়বস্তুর স্বাদ নিতে লাগল

Sie fand die Flüssigkeit ganz nach ihrem Geschmack

তিনি তরলটি তার পছন্দ মতো পেয়েছিলেন

Das Getränk hatte einen gemischten Geschmack

পানীয়টিতে এক ধরণের মিশ্র স্বাদ ছিল

Kirschkuchen, Vanillepudding und Ananas

চেরি-টার্ট, কাস্টার্ড এবং আনারস

Gebratener Truthahn, Toffee und Toast mit heißer Butter

গরম মাখন দিয়ে টার্কি, টফি এবং টোস্ট ভুনা করুন

und bald trank sie die Flasche aus

এবং তিনি শীঘ্রই বোতলটি শেষ করলেন

"Was für ein merkwürdiges Gefühl!" sagte Alice

"কী অদ্ভুত অনুভূতি!" অ্যালিস বলল

"Ich klappe mich zusammen wie ein Teleskop!"

"আমি টেলিস্কোপের মতো ভাঁজ হয়ে যাচ্ছি!"

Und sie faltete sich tatsächlich zusammen wie ein Teleskop!

আর সে তো টেলিস্কোপের মতো ভাঁজ হয়ে যাচ্ছিল!

Sie war jetzt nur noch zehn Zentimeter groß

এখন তার উচ্চতা মাত্র দশ ইঞ্চি

und ihr Gesicht erhellte sich bei ihren Gedanken

আর ভাবতে ভাবতে তার মুখ উজ্জ্বল হয়ে উঠল

Jetzt hatte sie die richtige Größe für das Türchen

এখন সে ছোট দরজার জন্য সঠিক আকার ছিল

Jetzt konnte sie in diesen schönen Garten gehen

এখন সে সেই সুন্দর বাগানে যেতে পারে

Bald hörte sie auf, kleiner zu werden

শীঘ্রই সে ছোট হওয়া বন্ধ করে দিল

Sie beschloß, sofort in den Garten zu gehen

সে একবারে বাগানে যাওয়ার সিদ্ধান্ত নিল

aber wehe der armen Alice!

কিন্তু, বেচারা অ্যালিসের জন্য হায়!

Sie kam zur Tür

সে দরজার কাছে গেল

Aber sie hatte den kleinen goldenen Schlüssel vergessen

কিন্তু ছোট্ট সোনার চাবিটা সে ভুলে গিয়েছিল

Sie ging zurück zum Tisch, um den Schlüssel zu holen

সে চাবির জন্য টেবিলে ফিরে গেল

aber sie merkte, daß sie nicht hoch genug greifen konnte

কিন্তু তিনি দেখলেন তিনি যথেষ্ট উঁচুতে পৌঁছাতে পারছেন না

Sie konnte den Schlüssel ganz deutlich durch das Glas sehen

কাচের ভেতর দিয়ে চাবিটা বেশ স্পষ্ট দেখতে পেল সে

Sie versuchte, die Beine des Tisches hinaufzuklettern

সে টেবিলের পা দুটো উপরে ওঠার চেষ্টা করল

Aber das Glas war viel zu rutschig

কিন্তু গ্লাসটা অনেক বেশি পিচ্ছিল ছিল

Irgendwann erschöpfte sie sich mit dem Versuch

অবশেষে চেষ্টা করেই ক্লান্ত হয়ে পড়লেন তিনি

Und das arme kleine Mädchen setzte sich hin und weinte

আর বেচারা বসে বসে কাঁদতে লাগল

Alice sprach ziemlich scharf mit sich selbst

অ্যালিস বরং নিজের সাথে তীক্ষ্ণ কথা বলল

"Komm, es hat keinen Zweck, so zu weinen!"

"এসো, এভাবে কেঁদে লাভ নেই!"

"Ich rate dir, gleich aufzuhören!"

"আমি আপনাকে এই মুহূর্তে থামার পরামর্শ দিচ্ছি!"

Sie gab sich im Allgemeinen sehr gute Ratschläge

তিনি সাধারণত নিজেকে খুব ভাল পরামর্শ দিয়েছিলেন

obwohl sie nur sehr selten ihren eigenen Rat befolgte

যদিও তিনি খুব কমই তার নিজের পরামর্শ অনুসরণ

করেছিলেন

und sie war manchmal zu streng mit sich selbst
এবং তিনি মাঝে মাঝে নিজের প্রতি খুব কঠোর ছিলেন
und ihre Worte trieben ihr Tränen in die Augen
এবং তার কথায় তার চোখে জল এসেছিল
Bald fiel ihr Blick auf einen kleinen Glaskasten
কিছুক্ষণের মধ্যেই তার চোখ পড়ল একটা ছোট কাচের
বাক্সের ওপর
Der kleine Glaskasten lag unter dem Tisch
ছোট কাচের বাক্সটা টেবিলের নিচে পড়ে ছিল
In dem Glaskasten befand sich ein sehr kleiner Kuchen
কাচের বাক্সে খুব ছোট একটা কেক ছিল
Auf dem Kuchen waren einige Worte schön geschrieben
কেকের উপর কিছু শব্দ সুন্দর করে লেখা ছিল
die Worte waren in Johannisbeeren markiert worden
কথাগুলো কারেন্টে চিহ্নিত করা ছিল
"MICH ESSEN"
"আমাকে খাইয়ে দাও"
"Nun, ich werde den Kuchen essen," sagte Alice
"ঠিক আছে, আমি কেকটি খাব," অ্যালিস বলল
"Und wenn mich der Kuchen größer werden lässt, kann ich
den Schlüssel erreichen"
"এবং যদি কেকটি আমাকে আরও বড় করে তোলে তবে
আমি চাবিটি পৌঁছাতে পারি"
"Und wenn mich der Kuchen kleiner werden lässt, kann ich
unter die Tür kriechen"
"আর কেকটা যদি আমাকে ছোট করে দেয়, আমি দরজার
নিচে হামাগুড়ি দিতে পারি"
"Also so oder so komme ich in den Garten"
"যে করেই হোক আমি বাগানে ঢুকে যাব"
"Und es ist mir egal, was von beidem passiert!"
"এবং আমি পরোয়া করি না যে দুটির মধ্যে কোনটি

ঘটে! "

Sie aß ein wenig von dem Kuchen

সে কেকের কিছুটা খেয়ে নিল

und sie sprach ängstlich zu sich selbst:

এবং তিনি উদ্বিগ্নভাবে নিজের সাথে কথা বললেন:

"In welche Richtung? In welche Richtung?"

"কোন পথে? কোন দিকে?"

und sie hielt die Hand auf den Kopf

আর সে তার মাথায় হাত রাখল

Sie wollte spüren, in welche Richtung sie wuchs

তিনি অনুভব করতে চেয়েছিলেন যে তিনি কোন দিকে বেড়ে উঠছেন

Sie war ganz überrascht, als sie erfuhr, was geschehen war

যা ঘটেছে তা জানতে পেরে তিনি বেশ অবাক হয়েছিলেন

Sie war gleich groß geblieben!

তিনি একই আকারের রয়ে গেলেন!

Also verdoppelte sie dieses Mal ihre Bemühungen

তাই এবার তিনি তার প্রচেষ্টা দ্বিগুণ করলেন

Und bald war der ganze Kuchen fertig

আর তাড়াতাড়ি সে পুরো কেকটা শেষ করে ফেলল,

Der Pool der Tränen

কান্নার পুকুর

"Das wird immer interessanter!" rief Alice

"এটি আরও বেশি আকর্ষণীয় হয়ে উঠছে!" অ্যালিস চিৎকার করে উঠল

Man kann sehen, dass sie sehr überrascht war

আপনি দেখতে পাচ্ছেন তিনি খুব অবাক হয়েছিলেন

"Ich öffne mich wie das größte Teleskop, das es je gab!"

"আমি সর্বকালের বৃহত্তম টেলিস্কোপের মতো খুলছি!"

»Auf Wiedersehen, Füße! Oh, meine armen kleinen Füße"

"বিদায়, পা! ওহ, আমার দরিদ্র ছোট পা"

"Ich frage mich, wer euch jetzt die Schuhe anziehen wird, meine Lieben?"

"আমি ভাবছি এখন তোমার জন্য কে জুতো পরবে, প্রিয়তমা?"

»und ich frage mich, wer Ihre Strümpfe anziehen wird?«

"আর আমি ভাবছি কে তোমার মোজা পরবে?"

"Ich werde viel zu weit weg sein"

"আমি অনেক দূরে থাকব"

"Ich werde mich nicht mehr um dich kümmern können"

"আমি আর তোমাকে নিয়ে ঝামেলা করতে পারব না"

In diesem Augenblick schlug ihr Kopf gegen etwas

ঠিক এই মুহূর্তে তার মাথাটা কোন কিছুর সাথে ধাক্কা খায়

Sie hatte das Dach des Saales erreicht

সে হলের ছাদে পৌঁছে গিয়েছিল

Tatsächlich war sie jetzt mehr als zwei Meter groß

আসলে, তিনি এখন দুই মিটারেরও বেশি লম্বা ছিলেন

und sie ergriff sogleich den kleinen goldenen Schlüssel

এবং তিনি তৎক্ষণাৎ ছোট্ট সোনার চাবিটি তুলে নিলেন

und sie eilte zur Gartentür

এবং সে তাড়াতাড়ি বাগানের দরজার দিকে চলে গেল

Arme Alice! Es gab nicht viel, was sie tun konnte

বেচারা অ্যালিস! তার তেমন কিছু করার ছিল না

Sie legte sich auf die Seite

সে একপাশে শুয়ে পড়ল

Und sie blickte mit einem Auge in den Garten hinein

আর এক চোখে বাগানের দিকে তাকিয়ে রইল

Aber durchzukommen war hoffnungsloser denn je

কিন্তু পার পেয়ে যাওয়াটা ছিল আগের চেয়ে অনেক বেশি হতাশাজনক

Sie setzte sich und fing wieder an zu weinen

সে বসে পড়ল এবং আবার কাঁদতে শুরু করল

Sie fuhr fort, literweise Tränen zu vergießen

গ্যালন গ্যালন অশ্রু বিসর্জন দিতে থাকেন তিনি

Bald war ein großer Pool um sie herum

কিছুক্ষণের মধ্যেই তার চারপাশে একটা বড় জলাশয় দেখা গেল

und das Wasser reichte bis zur Hälfte des Flurs

এবং জল হলের অর্ধেক পর্যন্ত পৌঁছেছে

Nach einer Weile hörte sie ein leises Getrappel von Füßen

কিছুক্ষণ পর পায়ের আওয়াজ শুনতে পেল

Sie hörte die Füße aus der Ferne kommen

দূর থেকে পায়ের আওয়াজ শুনতে পেল সে

Und sie trocknete sich hastig die Augen, um zu sehen, was kommen würde

এবং সে তাড়াতাড়ি চোখ মুছল দেখার জন্য কি আসছে

Es war das weiße Kaninchen, das zurückkehrte

ফিরে এল সাদা খরগোশ

Er war prächtig gekleidet

তিনি তো চমৎকার পোশাক পরেছিলেন

Er hatte ein Paar weiße Handschuhe in der einen Hand

তার এক হাতে ছিল সাদা গ্লাভস

Und in der anderen Hand hatte er einen großen Federfächer

আর তার অন্য হাতে ছিল বিশাল পালকের পাখা

Er kam in großer Eile dahergetrabt

খুব তাড়াহুড়ো করে এলো

und er murmelte vor sich hin: »Ach! die Herzogin, die Herzogin!«

মনে মনে বিড়বিড় করে বলল, "ওহ! ডাচেস, ডাচেস!"

»Ach! wird sie nicht wild sein, wenn ich sie habe warten lassen?«

"ওহ! আমি যদি তাকে অপেক্ষা করিয়ে রাখি তবে সে কি অসভ্য হবে না!"

Als das Kaninchen in ihre Nähe kam, sprach Alice

থরগোশ যখন তার কাছে এল, অ্যালিস কথা বলল

aber sie sprach mit leiser, schüchterner Stimme

কিন্তু সে নিচু, ভীরু গলায় কথা বলল

"Sir, bitte hören Sie für einen Moment auf, was Sie tun"

"স্যার, আপনি যা করছেন তা এক মুহূর্তের জন্য বন্ধ করুন"

Das Kaninchen erschrak heftig

থরগোশ হিংস্রভাবে চমকে উঠল

Er ließ die weißen Handschuhe und den Federfächer fallen

সাদা গ্লাভস আর পালকের পাখা ফেলে দিলেন

und er eilte fort in die Dunkelheit, so schnell er konnte

এবং সে যত দ্রুত সম্ভব অন্ধকারে চলে গেল

Alice hob den Federfächer und die Handschuhe auf

অ্যালিস পালকের পাখা এবং গ্লাভস তুলে নিল

Und sie fächelte sich immer wieder Luft zu, während sie sprach

আর কথা বলতে বলতে সে পাখা মেলতে থাকে

»Liebes, liebes Kind! Wie seltsam ist das alles heute!"

"প্রিয়তমা! কী অদ্ভুত সব আজ!"

"Gestern ging es weiter wie bisher"

"গতকাল সবকিছু স্বাভাবিক হিসাবে চলেছিল"

"War ich heute Morgen noch so, als ich aufgestanden bin?"

"আজ সকালে যখন উঠেছিলাম তখন কি আমিও একই রকম ছিলাম?"

"Aber wenn ich nicht mehr derselbe bin, dann ist das eine andere Frage"

"কিন্তু আমি যদি একই না হই, তাহলে অন্য প্রশ্ন আছে"

"Wer in aller Welt bin ich?"

'দুনিয়াতে আমি কে?

"Ah, das ist das große Rätsel!"

"আহ, এ তো মহা ধাঁধা!"

Während sie das sagte, blickte sie auf ihre Hände hinunter

কথাটা বলতে বলতে সে তার হাতের দিকে তাকিয়ে রইল

Sie trug einen der kleinen weißen Handschuhe des Kaninchens

তার পরনে ছিল একটা খরগোশের ছোট সাদা গ্লাভস

Sie hatte nicht bemerkt, dass sie den Handschuh angezogen hatte, während sie sprach

কথা বলার সময় তিনি গ্লাভস পরে খেয়াল করেননি

"Wie konnte ich das machen?" dachte sie

"আমি কীভাবে এটি করতে পারি?" সে ভেবেছিল

"Ich muss wieder klein werden"

'আমি নিশ্চয়ই আবার ছোট হয়ে যাচ্ছি'

Sie stand auf und ging zum Tisch, um ihre Größe zu messen

সে উঠে টেবিলের কাছে গেল তার উচ্চতা মাপতে

Sie stellte fest, dass sie jetzt etwa einen halben Meter groß war

তিনি দেখতে পেলেন যে তিনি এখন প্রায় আধা মিটার লম্বা

und sie schrumpfte immer noch schnell

এবং সে তখনও দ্রুত সঙ্কুচিত হচ্ছিল

Bald fand sie heraus, was die Ursache für das Schrumpfen war

তিনি শীঘ্রই সঙ্কুচিত হওয়ার কারণ কী তা খুঁজে পেয়েছিলেন

Der Federfächer machte sie wieder kleiner!

পালকের পাখা তাকে আবার ছোট করে দিচ্ছিল!

Und sie ließ hastig den Federfächer fallen

এবং তিনি তাড়াতাড়ি পালক পাখা ফেলে

Sie ließ den Federfächer gerade noch rechtzeitig fallen, um sich zu retten

নিজেকে বাঁচাতে ঠিক সময়েই পালকের পাখা ফেলে দেন তিনি

Hätte sie sich noch länger Luft zugefächelt, wäre sie völlig zusammengeschrumpft

সে যদি আর কিছুক্ষণ পাখা মেলে তাহলে সে একেবারে সঙ্কুচিত হয়ে যেত

»Das war ein knappes Entkommen!« sagte Alice

"এটি একটি সংকীর্ণ পলায়ন ছিল!" অ্যালিস বলল

und sie erschrak sehr über die plötzliche Veränderung

এবং আকস্মিক পরিবর্তনে তিনি বেশ ভয় পেয়েছিলেন

aber sie war sehr froh, daß sie noch da war

তবে নিজেকে এখনও অস্তিত্বে পেয়ে তিনি খুব খুশি হয়েছিলেন

"Und jetzt ab in den Garten!"

"আর এখন, বাগানে যাও!"

Und sie lief mit aller Geschwindigkeit zurück zu der
kleinen Tür

এবং সে সমস্ত গতিতে ছোট দরজার দিকে ছুটে গেল

Aber ach! Das Türchen wurde wieder geschlossen

কিন্তু হায়! ছোট দরজাটা আবার বন্ধ হয়ে গেল

Und das goldene Schlüsselchen lag wieder auf dem
Glastisch

আর ছোট সোনালী চাবিটা আবার কাচের টেবিলে পড়ে
আছে

"Es ist schlimmer als je!" dachte das arme Kind

"পরিস্থিতি আগের চেয়ে খারাপ," বেচারা ভাবল

"So klein war ich noch nie, niemals!"

"আমি এর আগে কখনও এত ছোট ছিলাম না, কখনও
না।

Bei diesen Worten rutschte ihr Fuß aus

কথাগুলো বলতে বলতে তার পা পিছলে গেল

Und im nächsten Augenblick gab es ein großes Plätschern!

আর কিছুক্ষণের মধ্যেই প্রচণ্ড ঝড় উঠল!

Sie stand bis zum Kinn im Salzwasser

নোনা জলে থুতনি পর্যন্ত ছিল সে

Ihre erste Idee war, dass sie irgendwie ins Meer gefallen war

প্রাথমিকভাবে ধারণা করা হচ্ছে, তিনি কোনোভাবে সাগরে
পড়ে গেছেন

Sie erkannte jedoch bald, worin sie sich befand

যাইহোক, তিনি শীঘ্রই বুঝতে পেরেছিলেন যে তিনি কী
ছিলেন

Sie war in einer Tränenlache

সে কান্নার পুকুরে ছিল

die Tränen, die sie geweint hatte, als sie zwei Meter groß
war

দুই মিটার লম্বা হওয়ার সময় সে যে অশ্রু কেঁদেছিল

In diesem Augenblick hörte sie etwas

ঠিক তখনই তিনি কিছু একটা শুনতে পেলেন

Etwas plätscherte im Pool herum

পুকুরে কিছু একটা ছিটকে পড়ছিল

Das Plätschern kam aus einiger Entfernung

একটু দূর থেকে ছিটকে পড়ল

und sie schwamm näher, um zu sehen, was das Plätschern war

আর সে সাঁতরে কাছে গিয়ে দেখল ছিটকে পড়ার শব্দ কি

Bald sah sie, dass es nur eine kleine Maus war

কিছুক্ষণের মধ্যেই সে দেখতে পেল যে ওটা একটা ছোট ইঁদুর মাত্র

Auch die kleine Maus war ins Wasser geschlüpft

ছোট ইঁদুরটিও পানিতে তলিয়ে গিয়েছিল

Alice dachte bei sich über die Situation nach

অ্যালিস মনে মনে ভাবতে লাগল পরিস্থিতি

"Würde es etwas nützen, mit dieser Maus zu sprechen?"

"এই ইঁদুরের সাথে কথা বলে কি কোন লাভ হবে?"

"Hier unten steht alles auf dem Kopf"

"এখানে সবকিছু এত উল্টোপাল্টা হয়"

"Ich denke, es ist sehr wahrscheinlich, dass diese Maus sprechen kann."

"আমার মনে হয় খুব সম্ভবত এই ইঁদুরটি কথা বলতে পারে"

"Es schadet jedenfalls nicht, es zu versuchen"

"যে কোনও হারে, চেষ্টা করতে কোনও ক্ষতি নেই"

Also begann sie zu versuchen, mit der Maus zu sprechen

তাই সে ইঁদুরের সাথে কথা বলার চেষ্টা শুরু করল

"Oh Maus, kennst du den Weg aus diesem Pool?"

"ওহ মাউস, তুমি কি এই পুল থেকে বের হওয়ার পথ জানো?"

"Ich bin es leid, hier herumzuschwimmen, oh Maus!"

"আমি এথানে সাঁতার কাটতে কাটতে খুব ক্লান্ত হয়ে পড়েছি, ওহ মাউস!"

Die Maus schaute sie ziemlich neugierig an

ইঁদুর জিজ্ঞাসু দৃষ্টিতে তার দিকে তাকাল

Die Maus schien mit einem ihrer kleinen Augen zu blinzeln

ইঁদুরটা যেন তার ছোট্ট একটা চোখ দিয়ে চোখের পলক ফেলল

Aber die kleine Maus sagte nichts

কিন্তু ছোট্ট ইঁদুরটি কিছুই বলল না

"Vielleicht versteht die Maus kein Englisch!" dachte Alice

"সম্ভবত ইঁদুরটি ইংরেজি বোঝে না," অ্যালিস ভেবেছিল

"Ich wage zu behaupten, es ist eine französische Maus"

"আমি সাহস করে বলতে পারি এটি একটি ফরাসি ইঁদুর"

"Vielleicht kam diese Maus mit Wilhelm dem Eroberer herüber"

"সম্ভবত এই ইঁদুরটি উইলিয়াম দ্য কনকয়েরারের সাথে এসেছিল"

Also fing sie wieder an, auf Französisch

তাই তিনি আবার শুরু করলেন, ফরাসি ভাষায়

"Wo ist meine Katze?", fragte sie auf Französisch

"আমার বিড়াল কোথায়?" সে ফরাসি ভাষায় জিজ্ঞাসা করল

es war der erste Satz in ihrem französischen Unterrichtsbuch
এটি ছিল তার ফরাসি পাঠ-বইয়ের প্রথম বাক্য

Die Maus machte einen plötzlichen Sprung aus dem Wasser
ইঁদুর হঠাৎ জল থেকে লাফিয়ে উঠল

Und die Maus schien am ganzen Leibe vor Schreck zu zittern
আর ইঁদুরটা যেন ভয়ে সারা শরীর কাঁপতে লাগল

"Oh, ich bitte um Verzeihung!" rief Alice hastig
"ওহ, আমি আপনার ক্ষমা প্রার্থনা করছি!" অ্যালিস তাড়াতাড়ি চিৎকার করে উঠল

Sie fürchtete, sie habe die Gefühle des armen Tieres verletzt
তিনি ভয় পেয়েছিলেন যে তিনি দরিদ্র প্রাণীটির অনুভূতিতে আঘাত করেছেন

"Ich habe ganz vergessen, dass du keine Katzen magst"
'আমি ভুলেই গিয়েছিলাম তুমি বিড়াল পছন্দ করো না'

"Ich mag keine Katzen!" rief die Maus mit schriller, leidenschaftlicher Stimme
"আমি বিড়াল পছন্দ করি না!" ইঁদুরটি তীক্ষ্ণ, আবেগপ্রবণ কণ্ঠে চিৎকার করে উঠল

"Hättest du gerne Katzen, wenn du ich wärst?"
"তুমি কি বিড়াল পছন্দ কর, যদি তুমি আমার জায়গায় হতে?

Alice tröstete die Maus in einem beruhigenden Ton
অ্যালিস শান্ত স্বরে ইঁদুরটিকে সান্ত্বনা দিল

"Naja, vielleicht würde ich an deiner Stelle auch keine Katzen mögen"
"আচ্ছা, আমি যদি তোমার জায়গায় হতাম তবে সম্ভবত আমি বিড়াল পছন্দ করতাম না"

"Bitte ärgern Sie sich nicht über die Erwähnung von Katzen"
"দয়া করে বিড়ালের উল্লেখ নিয়ে রাগ করবেন না"

"Und doch wünschte ich, ich könnte dir unsere Katze Dina zeigen"

"তবুও আমি যদি তোমাকে আমাদের বিড়াল দিনাহ দেখাতে পারতাম"

"Wenn du sie treffen würdest, würdest du wohl Gefallen an Katzen finden"

"আপনি যদি তার সাথে দেখা করেন তবে আমি মনে করি আপনি বিড়ালদের কাছে একটি অভিনব গ্রহণ করবেন"

"Wenn du sie nur sehen könntest"

'তুমি যদি তাকে দেখতে পেতে'

"Sie ist so ein liebes, stilles Ding"

"সে এত প্রিয়, শান্ত জিনিস"

Die Maus zitterte am ganzen Körper

সারা গায়ে ইঁদুর কাঁপছিল

Alice war sich sicher, dass die Maus wirklich beleidigt sein musste

অ্যালিস নিশ্চিত ছিল যে ইঁদুরটি নিশ্চয়ই সত্যিই ক্ষুব্ধ হয়েছে

"Wir reden nicht mehr über sie, wenn du lieber nicht willst"

"আমরা তার সম্পর্কে আর কথা বলব না, যদি আপনি না চান"

"Wir, allerdings!" rief die Maus

"আমরা, সত্যি!" ইঁদুর চিৎকার করে উঠল

Die Maus zitterte bis zum Ende ihres Schwanzes

ইঁদুরটি তার লেজের শেষ প্রান্ত পর্যন্ত কাঁপছিল

»Als ob ich über so ein Thema reden würde!«

"যেন এমন একটা বিষয় নিয়ে কথা বলি!"

"Unsere Familie hat Katzen schon immer gehasst"

"আমাদের পরিবার সবসময় বিড়াল ঘৃণা করে"

"Katzen; Gemeine, niedrige, gemeine Dinger!"

"বিড়াল; নোংরা, নীচু, অশ্লীল জিনিস!"

"Laß mich den Namen nicht noch einmal hören!"

"আমাকে আর নাম শুনতে দেবেন না!

"Katzen will ich ja nicht mehr erwähnen!" sagte Alice

"আমি আর বিড়ালের কথা বলব না!" অ্যালিস বলল

Sie hatte es sehr eilig, das Thema zu wechseln

প্রসঙ্গ পাল্টানোর জন্য তার খুব তাড়া ছিল

"Bist du... Lieben Sie Hunde?«

"আপনি... তুমি কি কুকুর পছন্দ কর?"

"Es gibt so einen netten kleinen Hund in der Nähe unseres Hauses."

"আমাদের বাড়ির কাছে এত সুন্দর একটি ছোট কুকুর আছে,"

"Ich möchte dir den kleinen Hund zeigen!"

"আমি তোমাকে ছোট্ট কুকুরটি দেখাতে চাই!

"Dieser kleine Hund tötet alle Ratten und...

"এই ছোট্ট কুকুরটি সমস্ত ইঁদুর মেরে ফেলে এবং...

»O je!« rief Alice in traurigem Tone

"ওহ, প্রিয়!" অ্যালিস দুঃখের সুরে চিৎকার করল

»Ich fürchte, ich habe dich schon wieder beleidigt!«

"আমি ভয় পাচ্ছি যে আমি আপনাকে আবার অপমান করেছি!"

Die Maus schwamm so schnell sie konnte von ihr weg

ইঁদুরটি যত দ্রুত সম্ভব তার কাছ থেকে সাঁতার কেটে দূরে সরে যাচ্ছিল

Und die Maus machte einen ziemlichen Aufruhr im Tümpel

আর ইঁদুরটা পুকুরে বেশ হৈচে ফেলে দিল

Da rief sie leise der Maus nach

তাই সে ইঁদুরের পেছনে আস্তে আস্তে ডাকল

"Meine liebe Maus, komm bitte zurück!"

"মাই ডিয়ার মাউস, প্লিজ কাম ব্যাক!

"Und wir werden nicht über Katzen sprechen"

'আমরা বিড়াল নিয়ে কথা বলব না'

"Und über Hunde müssen wir auch nicht reden"

"এবং আমাদের কুকুর সম্পর্কে কথা বলতে হবে না"

Als die Maus das hörte, drehte sie sich um

এ কথা শুনে ইঁদুরটি ঘুরে দাঁড়ায়

Und die kleine Maus schwamm langsam zu ihr zurück

এবং ছোট্ট ইঁদুরটি আস্তে আস্তে তার কাছে ফিরে এল

Das Gesicht der Maus war ganz blaß

ইঁদুরের মুখ বেশ ফ্যাকাশে হয়ে গেল

Und die Maus sprach mit leiser, zitternder Stimme

এবং ইঁদুরটি নিচু, কাঁপা কাঁপা কণ্ঠে কথা বলল

"Lasst uns ans Ufer gehen"

"চলো তীরে যাই"

"Und dann erzähle ich dir meine Geschichte"

'তারপর আমি আমার ইতিহাস বলব'

"Und du wirst verstehen, warum ich Katzen und Hunde hasse"

"এবং আপনি বুঝতে পারবেন কেন আমি বিড়াল এবং কুকুরকে ঘৃণা করি"

Es war höchste Zeit zu gehen

যাবার সময় হয়ে গেল

weil der Pool ziemlich voll wurde

কারন পুলে বেশ ভিড় হচ্ছিল

Andere Vögel und Tiere waren in den Pool gefallen

অন্যান্য পশু-পাখি পুকুরে পড়ে গিয়েছিল

es gab eine Ente und einen Dodo

একটা হাঁস আর একটা ডোডো ছিল

und da waren ein Lory-Vogel und ein Adler

আর ছিল একটা লরি পাখি আর একটা ঈগল

und es gab noch einige andere interessant aussehende Kreaturen

আর আরও অনেক আকর্ষণীয় দেখতে প্রাণী ছিল

Alice führte den Weg aus dem Pool

অ্যালিস পুলটি থেকে বেরিয়ে আসার পথে নেতৃত্ব দিয়েছিল

und die ganze Gesellschaft der Tiere schwamm ans Ufer

আর পশুদের পুরো দল সাঁতরে তীরে উঠে এল

Ein Caucus-Rennen und ein langer Schwanz

একটি ককাস রেস এবং একটি দীর্ঘ লেজ

Es waren in der Tat ein lustig aussehender Haufen Tiere

তারা সত্যিই একটি মজার চেহারার প্রাণী ছিল

und sie versammelten sich alle am Ufer des Wassers

এবং তারা সকলে জলের তীরে একত্রিত হয়েছিল

die Vögel hatten alle zerzauste Federn

পাখিদের সবারই পালক ছিল

und die pelzigen Tiere waren durchnässt

আর লোমশ পশুগুলো ভিজে গেল

und alle waren triefend nass, genervt und unwohl

আর সবাই ভিজে ভিজে ভিজে বিরক্ত আর অস্বস্তি বোধ করছিল

Es gab eine Frage, die zuerst beantwortet werden musste

একটা প্রশ্নের উত্তর আগে দিতে হবে

Was ist der beste Weg für alle, um trocken zu werden?

প্রত্যেকের শুকনো হওয়ার সর্বোত্তম উপায় কী?

Sie hatten eine Konsultation zu diesem Thema

এ বিষয়ে তাদের মধ্যে আলোচনা হয়েছে

Bald waren sie alle auf vertrautem Einvernehmen

শীঘ্রই তারা সবাই পরিচিত শর্তে ছিল

Es war, als ob sie sie ihr ganzes Leben lang gekannt hätte

যেন সারাজীবন ধরে ওদের চেনেন তিনি

Die Maus schien eine Person mit einer gewissen Autorität zu sein

ইঁদুরটিকে দেখে মনে হচ্ছিল কোনো কর্তৃত্বপরায়ণ ব্যক্তি

"Setzt euch, ihr alle, und hört mir zu!

"আপনারা সকলে বসুন এবং আমার কথা শুনুন!

"Ich werde euch bald wieder alle trocken machen!"

"আমি শীঘ্রই তোমাদের সবাইকে আবার শুকিয়ে দেব!"

Sie setzten sich alle auf einmal in einem großen Ring nieder

তারা সবাই একযোগে একটি বড় রিংয়ে বসে পড়ল

Und die kleine Maus saß in der Mitte

আর ছোট্ট ইঁদুরটা মাঝখানে বসে আছে

"Ähm!" sagte die Maus mit einer wichtigen Miene

"আহেম!" ইঁদুর গম্ভীর গলায় বলল

"Seid ihr bereit?"

"তোমরা সবাই রেডি তো?"

"Das ist das Trockenste, was ich kenne"

"এটি আমার জানা সবচেয়ে শুষ্ক জিনিস"

»Schweigen Sie ringsum, wenn Sie wollen!«

"চারিদিকে নীরবতা, যদি আপনি দয়া করেন!"

"Wilhelm der Eroberer wurde vom Papst begünstigt"

"উইলিয়াম বিজয়ী পোপ দ্বারা অনুকূল ছিল"

"aber er wurde bald von den Engländern unterworfen"

"কিন্তু অচিরেই ইংরেজরা তার কাছে আত্মসমর্পণ করে"

"Sie wollten in letzter Zeit Führer"

'ওরা চেয়েছিল ইদানীং নেত্রী'

"Und sie waren an Macht und Eroberung gewöhnt"

"এবং তারা ক্ষমতা ও বিজয়ে অভ্যস্ত ছিল"

"Edwin und Morcar, die Grafen von Mercia und Northumbria"

"এডউইন এবং মরকার, মার্সিয়া এবং নর্থামব্রিয়ার আর্লস"

»Pfui!« sagte der Lori-Vogel mit einem Schauer

"উফ!" কাঁপা কাঁপা গলায় বলল লরি পাখি

"und sogar Stigand, der patriotische Erzbischof von Canterbury"

"এবং এমনকি স্টিগ্যান্ড, ক্যানটারবেরির দেশপ্রেমিক আর্চবিশপ"

"Er fand es auch ratsam"

"তিনি এটাও যুক্তিযুক্ত বলে মনে করেছিলেন"

"Was hielt er für ratsam?" fragte die Ente

হাঁস বলল, "তার কাছে কী পরামর্শ ছিল?"

"Er fand es ratsam", antwortete die Maus ziemlich verärgert

ইঁদুর কিছুটা রাগান্বিত গলায় জবাব দিল, "তার কাছে এটা যুক্তিযুক্ত মনে হয়েছে

aber die Ente war nicht zufrieden

কিন্তু হাঁসটি সন্তুষ্ট হয়নি

"Natürlich weißt du, was 'es' bedeutet"

"অবশ্যই, আপনি জানেন যে 'এটি এর অর্থ কী"

"Ich weiß, was es ist, wenn ich etwas finde," sagte die Ente

হাঁস বলল, "জিনিস পেলেই আমি জানি 'এটা' কী

"Es ist in der Regel ein Frosch oder ein Wurm"

"এটি সাধারণত একটি ব্যাঙ বা একটি কীট"

"Die Frage ist, was hat der Erzbischof gefunden?"

প্রশ্ন হচ্ছে, আর্চবিশপ কী খুঁজে পেলেন?

Die Maus bemerkte diese Frage nicht

ইঁদুরটি এই প্রশ্নটি খেয়াল করেনি

Stattdessen fuhr die Maus hastig mit der Rede fort

পরিবর্তে, ইঁদুরটি তাড়াতাড়ি বক্তৃতা চালিয়ে গেল

"Er fand es ratsam, mit Edgar Atheling zu gehen"

"তিনি এডগার অ্যাথেলিংয়ের সাথে যাওয়া যুক্তিযুক্ত বলে মনে করেছিলেন"

"um William zu treffen und ihm die Krone anzubieten"

"উইলিয়ামের সাথে দেখা করতে এবং তাকে মুকুট অফার করতে"

fuhr die Maus fort und wandte sich dabei an Alice
ইঁদুরটি কথা বলতে বলতে অ্যালিসের দিকে ফিরে বলল
»Wie geht es dir jetzt, meine Liebe?«
"এখন কেমন আছো প্রিয়তমা?"
»So naß wie immer,« sagte Alice in melancholischem Tone
"আগের মতোই ভেজা," অ্যালিস বিষণ্ণ সুরে বলল
"Diese Geschichte scheint mich überhaupt nicht
auszutrocknen"
"এই গল্পটি আমাকে মোটেও শুকিয়ে যাচ্ছে বলে মনে হচ্ছে
না"
»In diesem Falle,« sagte der Dodo feierlich und erhob sich
"তা হলে," ডোডো গম্ভীরভাবে উঠে দাঁড়াল
"Ich stimme dafür, dass die Sitzung vertagt wird"
"আমি ভোট দিচ্ছি যে সভা মুলতবি করা হোক"
"und ich schlage vor, sofort energischere Heilmittel zu
ergreifen"
"এবং আমি আরও শক্তিশালী প্রতিকারের তাত্ক্ষণিক
গ্রহণের প্রস্তাব করছি"
"Sprich wahre Worte!" sagte der Adler
ঈগল বলল, "আসল কথা বলো
"Ich weiß nicht, was die Hälfte dieser langen Worte
bedeutet"
"এই দীর্ঘ শব্দগুলির অর্ধেকের অর্থ আমি জানি না"
»und außerdem glaube ich nicht, daß Sie es wissen!«
"আর কি, আমি বিশ্বাস করি না যে আপনিও জানেন!"
»Was ich sagen wollte«, sagte der Dodo in beleidigtem Ton
"আমি যা বলতে যাচ্ছিলাম," ডোডো বিরক্তির সুরে বলল
"Das Beste, was uns trocken kriegt, wäre ein Caucus-
Rennen"
"আমাদের শুকিয়ে যাওয়ার জন্য সেরা জিনিসিটি একটি
ককাস-রেস হবে"
»Was ist ein Caucus-Rennen?« fragte Alice
"ককাস-রেস কী?" অ্যালিস বলল

"Nun", sagte der Dodo, "der beste Weg, es zu erklären, ist, es zu tun."

"আচ্ছা," ডোডো বলল, "এটি ব্যাখ্যা করার সর্বোওম উপায় হ'ল এটি করা"

"Zuerst steckte der Dodo eine Rennbahn ab"

"প্রথমে ডোডো একটি রেস-কোর্স চিহ্নিত করেছে"

"Die Strecke verlief in einer Art Kreis"

"ট্র্যাকটি এক ধরণের বৃত্তের মধ্যে ছিল"

"Und dann wurde die ganze Gesellschaft entlang der Strecke platziert"

"এবং তারপর সমস্ত পার্টি কোর্স বরাবর স্থাপন করা হয়েছিল"

Es gab kein "Eins, zwei, drei und weg!"

'ওয়ান, টু, থ্রি অ্যান্ড অ্যাওয়ে' বলে কিছু ছিল না।

aber sie fingen an zu rennen, wann sie wollten

কিন্তু তারা যখন খুশি দৌড়াতে শুরু করে

Und sie beendeten auch, wenn sie wollten

আর যখন খুশি শেষ করলেন

Es war also nicht einfach zu wissen, wann das Rennen vorbei war

তাই দৌড় কখন শেষ হয়ে গেছে তা জানা সহজ ছিল না

Nach etwa einer halben Stunde Laufen waren sie alle ziemlich trocken

প্রায় আধ ঘন্টা দৌড়ানোর পর তারা সবাই বেশ শুকনো হয়ে গেল

der Dodo rief plötzlich: "Das Rennen ist vorbei!"

ডোডো হঠাৎ ডেকে উঠল, "দৌড় শেষ!"

Und sie drängten sich alle um den Dodo

আর তারা সবাই ডোডোর চারপাশে ভিড় করেছিল

Alle Tiere hechelten und schnauften

সমস্ত প্রাণী হাঁপাচ্ছিল এবং ফুঁপিয়ে উঠছিল

und sie alle wollten wissen: "Aber wer hat gewonnen?"

তারা সবাই জানতে চাইল, "কিন্তু কে জিতেছে?

Diese Frage konnte der Dodo nicht sofort beantworten

এই প্রশ্নের তাৎক্ষণিক উত্তর দিতে পারেননি ডোডো

Zuerst musste er sehr viel nachdenken

প্রথমে তাকে অনেক চিন্তাভাবনা করতে হয়েছে

Nach langem Nachdenken sprach der Dodo schließlich

অনেক চিন্তাভাবনার পর অবশেষে ডোডো কথা বলল

"Jeder hat gewonnen, und jeder muss Preise haben"

'সবাই জিতেছে, সবারই পুরস্কার থাকতে হবে'

»Aber wer soll die Preise geben?« fragte ein Chor von Stimmen

"কিন্তু পুরস্কার দেবে কে?" সমস্বরে জিজ্ঞেস করল সমস্বর

"Nun, sie natürlich", sagte der Dodo

"আচ্ছা, অবশ্যই," ডোডো বলল

und der Dodo deutete mit einem Finger auf Alice

এবং ডোডো এক আঙুল দিয়ে অ্যালিসের দিকে ইঙ্গিত করল

und die ganze Gesellschaft von Tieren drängte sich um sie

আর তার চারপাশে পশুপাখির পুরো দল ভিড় জমিয়েছে

sie riefen verwirrt: »Preise! Preise!"

তারা বিভ্রান্ত ভঙ্গিতে চিৎকার করে উঠল, "পুরস্কার! পুরস্কার!"

Alice hatte keine Ahnung, was sie tun sollte

অ্যালিসের কী করা উচিত সে সম্পর্কে কোনও ধারণা ছিল না

Verzweifelt steckte sie die Hand in die Tasche

হতাশায় সে পকেটে হাত ঢুকিয়ে নিল

Und sie zog eine Schachtel mit Süßigkeiten hervor

আর সে মিষ্টির বাক্স বের করল

Glücklicherweise war das Salzwasser nicht in den Kasten gelangt

ভাগ্যিস নোনা-জল বাক্সে ঢোকেনি

Und sie reichte die Süßigkeiten als Preise herum

আর পুরস্কার হিসেবে মিষ্টিগুলো হাতে তুলে দিলেন

Es gab genau ein Stück für jeden

প্রত্যেকের জন্য ঠিক এক টুকরো ছিল

Das nächste, was sie tun mussten, war, die Süßigkeiten zu essen

এরপরে তাদের মিষ্টি খেতে হয়েছিল

Dies verursachte einige Geräusche und Verwirrung

এতে কিছু গোলমাল ও বিভ্রান্তির সৃষ্টি হয়

Die großen Vögel klagten, dass sie ihre Süßigkeiten nicht schmecken konnten

বড় পাখিরা অভিযোগ করেছিল যে তারা তাদের মিষ্টির স্বাদ নিতে পারে না

Die Kleinen verschluckten sich und mussten auf den Rücken geklopft werden

ছোটদের দম বন্ধ হয়ে আসে এবং পিঠ চাপড়ে দিতে হয়

Doch dann war es endlich vorbei

তবে শেষ পর্যন্ত তা শেষ হয়ে গেল

Und sie setzten sich wieder in einem Ring nieder

এবং তারা আবার একটি রিংয়ে বসে পড়ল

Und sie flehten die Maus an, ihnen noch etwas zu erzählen

এবং তারা ইঁদুরটিকে আরও কিছু বলার জন্য অনুরোধ করেছিল

»Du hast versprochen, mir deine Geschichte zu erzählen, weißt du,« sagte Alice

"আপনি আমাকে আপনার ইতিহাস বলার প্রতিশ্রুতি দিয়েছিলেন, আপনি জানেন," অ্যালিস বলল

und sie machte noch eine kleine Bemerkung über Katzen im Flüsterton

এবং সে ফিসফিস করে বিড়াল সম্পর্কে আরও একটি ছোট্ট মন্তব্য করেছিল

Sie wollte die Maus nicht noch einmal beleidigen

সে আর ইঁদুরটিকে অপমান করতে চায় না

die kleine Maus drehte sich zu Alice um und seufzte

ছোট্ট ইঁদুরটি অ্যালিসের দিকে ফিরে দীর্ঘশ্বাস ফেলল

"Meine Geschichte ist lang und traurig!"

"আমার একটি দীর্ঘ এবং দুঃখজনক গল্প!"

»Es ist gewiß ein langer Schwanz,« sagte Alice

"এটি একটি দীর্ঘ লেজ, অবশ্যই," অ্যালিস বলল

Und sie blickte verwundert auf den Schwanz der Maus hinunter

আর সে অবাক হয়ে ইঁদুরের লেজের দিকে তাকিয়ে রইল

"Aber warum nennst du es einen traurigen Schwanz?"

"কিন্তু এটাকে দুঃখের লেজ বলছেন কেন?"

Und sie rätselte unaufhörlich, während die Maus sprach

এবং ইঁদুরটি যখন কথা বলছিল তখন সে এটি নিয়ে বিভ্রান্ত হতে থাকে

so daß ihre Vorstellung von der Geschichte ungefähr so aussah

যাতে গল্প তার ধারণা এই মত কিছু ছিল

"Fury said to
a mouse, That
he met in the
house, 'Let
us both go
to law: *I*
will prosecute
you.—
Come, I'll
take no denial:
We must have
the trial;
For really
this morning
I've
nothing
to do.'
Said the
mouse to
the cur,
'Such a
trial, dear
sir, With
no jury
or judge,
would
be wasting
our
breath.'
'I'll be
judge,
I'll be
jury,'
said
cunning
old
Fury;
'I'll
try
the
whole
cause,
and
condemn
you to
death.'"

Fury sagte zu einer Maus, die er im Haus getroffen hat."

ফিউরি একটি ইঁদুরকে বলল, যে সে বাড়িতে দেখা করেছিল"

Lasst uns beide vor Gericht gehen: Ich werde euch anklagen

আসুন আমরা উভয়ে আইনের শরণাপন্ন হই: আমি আপনার বিরুদ্ধে মামলা করব

Kommen Sie, ich leugne es nicht: Wir müssen den Prozeß
haben

আসুন, আমি অস্বীকার করব না: আমাদের অবশ্যই বিচার
হতে হবে

Denn heute morgen habe ich wirklich nichts zu tun

আজ সকালে আমার কিছু করার নেই

Sagte die Maus zum Pfarrer;

ইঁদুর কুঁকড়ে বলল;

Ein solcher Prozeß, lieber Herr, ohne Geschworene und
Richter, würde uns den Atem rauben

প্রিয় জনাব, জুরি বা বিচারক না থাকলে এমন বিচার
আমাদের দম নষ্ট করবে

»Ich werde Richter sein, ich werde Geschworener sein«,
sagte der schlaue alte Fury

ধূর্ত বুড়ো ফিউরি বলল, "আমি বিচারক হব, আমি জুরি
হব

Ich werde die ganze Sache prüfen und dich zum Tode
verurteilen

আমি পুরো কারণটির বিচার করব এবং আপনাকে মৃত্যুদণ্ডে
দণ্ডিত করব

die Maus sprach streng zu Alice

ইঁদুরটি অ্যালিসের সাথে কড়া ভাষায় কথা বলল

"Du passt nicht auf!"

"তুমি পাত্তা দিচ্ছ না!"

"Woran denkst du?"

"কি ভাবছিস?"

»Ich bitte um Verzeihung,« sagte Alice sehr demütig

"আমি আপনার ক্ষমা প্রার্থনা করছি," অ্যালিস খুব নম্রভাবে
বলল

»Sie waren in der fünften Kurve angelangt, glaube ich?«

"আপনি পঞ্চম বাঁকে পৌঁছেছেন, আমার মনে হয়?"

"Du beleidigst mich, indem du so einen Unsinn redest!"

"তুমি এমন বাজে কথা বলে আমাকে অপমান করছ!"

Und die Maus stand auf und ging weg

এবং ইঁদুরটি উঠে চলে গেল

Alice rief der kleinen Maus hinterher

অ্যালিস ছোট্ট ইঁদুরের পরে ডাকল

"Bitte komm zurück und beende deine Geschichte!"

"দয়া করে ফিরে আসুন এবং আপনার গল্পটি শেষ করুন!

Und die andern stimmten alle in den Chor ein

আর বাকিরা সবাই কোরাসে যোগ দিল

"Ja, bitte beenden Sie Ihre Geschichte!"

"হ্যাঁ, আপনার গল্প শেষ করুন!

Aber die Maus schüttelte nur ungeduldig den Kopf

কিন্তু ইঁদুরটি শুধু অধৈর্য হয়ে মাথা নাড়ল

Und die kleine Maus ging ein wenig schneller

আর ছোট্ট ইঁদুরটা একটু তাড়াতাড়ি হাঁটতে লাগল

"Ich wünschte, ich hätte Dinah, unsere Katze, hier!" sagte Alice

"আমি আশা করি আমার এখানে আমাদের বিড়াল দিনাহ থাকত!" অ্যালিস বলল

Dies erregte in der Partei ein bemerkenswertes Aufsehen

এ নিয়ে দলের মধ্যে ব্যাপক চাঞ্চল্যের সৃষ্টি হয়

Einige der Vögel eilten sofort davon

কিছু পাখি একবারে তাড়াহুড়ো করে চলে গেল

und ein Kanarienvogel rief mit zitternder Stimme seinen Kindern zu;

এবং একটি ক্যানারি কাঁপা কাঁপা কন্ঠে তার বাচ্চাদের ডেকেছিল;

»Kommt fort, meine Lieben!«

"চলে এসো, আমার প্রিয়তমা!"

"Es ist höchste Zeit, dass ihr alle im Bett seid!"

"তোমরা সবাই বিছানায় শুয়ে পড়ার সময় হয়ে গেছে!"

Mit verschiedenen Ausreden gingen sie alle weg

নানা অজুহাতে তারা সবাই চলে গেল

und Alice war bald allein

এবং অ্যালিস শীঘ্রই একা হয়ে গেল

"Ich wünschte, ich hätte Dina nicht erwähnt!"

"আমি যদি দিনার কথা না বলতাম!"

"Niemand scheint sie hier unten zu mögen"

"এখানে কেউ তাকে পছন্দ করে বলে মনে হয় না"

"Aber ich bin mir sicher, dass sie die beste Katze von der Welt ist!"

কিন্তু আমি নিশ্চিত সে বিশ্বের সেরা বিড়াল!

Die arme Alice fing wieder an zu weinen

বেচারা অ্যালিস আবার কাঁদতে শুরু করল

weil sie sich sehr einsam und niedergeschlagen fühlte

কারণ তিনি খুব একাকী এবং নিম্ন-উৎসাহী বোধ করেছিলেন

Nach einer Weile aber hörte sie wieder etwas

কিন্তু কিছুক্ষণ পর আবার কিছু একটা শুনতে পেল সে

ein leises Getrappel von Schritten in der Ferne

দূরে পায়ের আওয়াজ

und sie blickte eifrig auf

এবং তিনি অধীর আগ্রহে তাকালেন

Der Hase schickt den kleinen Mr. Bill herein
থরগোশ ছোট্ট মিঃ বিলকে পাঠায়

Es war das weiße Kaninchen, das langsam wieder zurücktrabte

সাদা থরগোশটা আস্তে আস্তে আবার পেছনে ছুটতে লাগল

Er sah sich ängstlich um, während er ging

যেতে যেতে উদ্বিগ্ন চোখে এদিক ওদিক তাকাচ্ছিল

Er sah aus, als hätte er etwas verloren

তাকে দেখে মনে হচ্ছিল যেন সে কিছু হারিয়েছে

Alice hörte, wie er vor sich hin murmelte

অ্যালিস শুনতে পেল সে নিজের সাথে বিড়বিড় করছে

»Die Herzogin! Die Herzogin! Oh, meine lieben Pfoten!"

"ডাচেস! ডাচেস! ওহ, আমার প্রিয় থাবা!"

"Oh, mein Fell und meine Schnurrhaare!"

"ওহ, আমার পশম এবং গোঁফ!"

"Sie wird mich hinrichten lassen, da bin ich mir sicher"

'সে আমার মৃত্যুদণ্ডও কার্যকর করবে, এ ব্যাপারে আমি নিশ্চিত'

"Genauso sicher, wie Frettchen Frettchen sind!"

"ফেরেট যেমন ফেরেট তেমনি নিশ্চিত!"

"Wo kann ich meine Sachen abgestellt haben, frage ich mich?"

"অমি আমার জিনিসপত্র কোথায় ফেলে যেতে পারি, আমি ভাবছি?"

Alice erriet in einem Augenblick, was er suchte

অ্যালিস এক মুহূর্তের মধ্যে অনুমান করেছিল যে সে কী খুঁজছে

Er war auf der Suche nach dem Federfächer

তিনি পালক পাখা খুঁজছিলেন

Und er suchte nach dem Paar weißer Handschuhe

এবং তিনি সাদা গ্লাভস জোড়া খুঁজছিলেন

So machte sie sich sehr gutmütig auf die Suche nach den Handschuhen

তাই তিনি খুব সদালাপী হয়ে গ্লাভস খুঁজতে শুরু করলেন

Und sie suchte auch nach dem Federfächer

এবং তিনি পালক পাখা খুঁজেছিলেন

Aber die Handschuhe und der Federfächer waren nirgends zu sehen

কিন্তু গ্লাভস আর পালকের পাখা কোথাও দেখা গেল না

Alles schien sich verändert zu haben, seit sie im Pool geschwommen war

পুলে সাঁতার কাটার পর থেকে সবকিছু বদলে গেছে বলে মনে হচ্ছিল

Nichts war mehr so, wie es war, seit sie in der Großen Halle gewesen war

গ্রেট হলে থাকার পর থেকে কিছুই আগের মতো নেই

und der Glastisch war verschwunden

আর কাচের টেবিলটা উধাও হয়ে গেল

Und die kleine Tür war auch nicht da

ছোট্ট দরজাটাও ওখানে ছিল না

Sehr bald bemerkte das Kaninchen Alice

খুব শীঘ্রই থরগোশটি অ্যালিসকে লক্ষ্য করল

rief er ihr in zornigem Ton zu

তিনি রাগান্বিত সুরে তাকে ডাকলেন

"Mary Ann, was machst du hier draußen?"

"মেরি অ্যান, তুমি এখানে কী করছ?

"Lauf in diesem Moment nach Hause"

"এই মুহূর্তে বাড়ি পালাও"

"Und hol mir ein Paar Handschuhe und einen Federfächer!"

"আর আমার জন্য এক জোড়া গ্লাভস আর একটা পালকের পাখা নিয়ে এসো!"

"Und beeil dich!"

"আর তাড়াতাড়ি কর!"

Alice sprach mit sich selbst, als sie davonrannte

অ্যালিস দৌড়ে যাওয়ার সময় নিজের সাথে কথা বলল

"Er muss mich für sein Hausmädchen gehalten haben!"

"সে নিশ্চয়ই আমাকে তার গৃহকর্মী ভেবে ভুল করেছে!"

"Wie überrascht wird er sein, wenn er herausfindet, wer ich bin!"

"সে যখন জানতে পারবে আমি কে, তখন সে কতই না অবাক হবে!"

Während sie dies sagte, stieß sie auf ein hübsches Häuschen

এই বলিয়া সে একটা পরিচ্ছন্ন ছোট্ট ঘর দেখিতে পাইল

An der Tür des Hauses hing eine helle Messingplatte

বাড়ির দরজায় একটা উজ্জ্বল পিতলের থালা ছিল

"W. HASE"

"ডব্লিউ থরগোশ"

Sie trat ein, ohne an die Tür zu klopfen

দরজায় নক না করেই ভেতরে ঢুকে গেল সে

und sie eilte geradewegs die Treppe hinauf

এবং সে তাড়াতাড়ি সোজা উপরে চলে গেল

sie machte sich Sorgen, dass sie die echte Mary Ann treffen könnte

তিনি চিন্তিত যে তিনি আসল মেরি অ্যানের সাথে দেখা

করতে পারেন

denn dann würde sie aus dem Haus gejagt werden

কারণ তখন তাকে বাড়ি থেকে বের করে দেওয়া হবে

Und sie würde den Federfächer und die Handschuhe nicht finden können

এবং সে পালক পাখা এবং গ্লাভস খুঁজে পেতে সক্ষম হবে না

Alice hatte den Weg in ein aufgeräumtes Kämmerlein gefunden

অ্যালিস একটা পরিপাটি ছোট্ট ঘরে ঢুকে পড়েছিল

Im Zimmer stand ein Tisch am Fenster

ঘরে জানালার পাশে একটা টেবিল ছিল

und auf dem Tisch stand ein Federfächer

আর টেবিলের ওপর ছিল পালকের পাখা

Und da waren zwei oder drei Paar winzige weiße Handschuhe

আর দু-তিন জোড়া ছোট ছোট সাদা গ্লাভস ছিল

Sie hob den Federfächer und ein Paar Handschuhe auf

সে পালকের পাখা আর একজোড়া গ্লাভস তুলে নিল

und sie war eben im Begriff, das Zimmer zu verlassen

এবং তিনি সবে ঘর থেকে বেরিয়ে যেতে চেয়েছিলেন

Aber dann fiel ihr Blick auf ein Fläschchen

কিন্তু তখনই তার চোখ পড়ল একটা ছোট্ট বোতলের ওপর

Sie entkorkte die Flasche und führte sie an ihre Lippen

বোতলটা খুলে ঠোঁটের কাছে রাখল

"Ich hoffe, dass ich dadurch wieder groß werde"

"আমি আশা করি এটি আমাকে আবার বড় করে তুলবে"

"Ich bin es leid, so ein winziges Ding zu sein!"

"এত ছোট জিনিস হতে থাকতে আমি ক্লান্ত!"

Alice hatte kaum die halbe Flasche getrunken

অ্যালিস খুব কমই অর্ধেক বোতল পান করেছিল

Ihr Kopf drückte bereits gegen die Decke

তার মাথাটা ততক্ষণে সিলিংয়ের সাথে চেপে বসেছে

und sie musste sich bücken

এবং তাকে নিচে নামতে হয়েছিল

um ihr das Genick vor dem Genickbruch zu bewahren

তার ঘাড় ভাঙ্গা থেকে বাঁচাতে

Hastig stellte sie die Flasche ab

সে তাড়াতাড়ি বোতলটা নামিয়ে রাখল

"Das reicht"

"এটাই যথেষ্ট"

"Ich hoffe, ich wachse nicht mehr"

'আশা করি আর বড় হবো না'

Leider! Es war zu spät, das zu wünschen!

হায়! ইচ্ছে করতেই অনেক দেরি হয়ে গেল!

Sie wuchs und wuchs weiter

সে বাড়তে লাগল এবং বাড়তে লাগল

und sehr bald musste sie sich auf den Boden knien

এবং খুব শীঘ্রই তাকে মেঝেতে হাঁটু গেড়ে বসতে হয়েছিল

und selbst dann wuchs sie weiter

তারপরও সে বাড়তে থাকে

Als letztes Mittel streckte sie einen Arm aus dem Fenster

শেষ ভরসা হিসেবে সে জানালার বাইরে একটা হাত রাখল

und sie setzte einen Fuß auf den Schornstein

এবং সে চিমনির উপরে এক পা রাখল

"Jetzt kann ich nicht mehr, was auch immer passiert"

'এখন আর পারছি না, যাই ঘটুক না কেন'

»Was wird aus mir?«

"আমার কী হবে?"

Alice hatte Glück

অ্যালিসের ভাগ্য সহায় ছিল

Das kleine Zauberfläschchen hatte seine volle Wirkung entfaltet

ছোট্ট জাদুর বোতলটি তার পুরো প্রভাব ফেলেছিল

und Alice wurde nicht größer, als sie war

এবং অ্যালিস তার চেয়ে বড় হয়ে ওঠেনি

Nach ein paar Minuten hörte sie draußen eine Stimme

কিছুক্ষণ পর তিনি বাইরে একটি কন্ঠস্বর শুনতে পেলেন

Und sie blieb stehen, um der Stimme zu lauschen

আর গলার আওয়াজ শুনতে শুনতে থমকে দাঁড়াল সে

»Mary Ann! Mary Ann!« sagte die Stimme

"মেরি অ্যান! মেরি অ্যান!" কন্ঠস্বর বলে উঠল

"Hol mir gleich meine Handschuhe!"

"এই মুহূর্তে আমার গ্লাভস এনে দাও!"

Dann ertönte ein leises Getrappel von Füßen auf der Treppe

তারপর সিঁড়িতে একটু পায়ের আওয়াজ এল

Alice wusste, dass es das Kaninchen war, das kam, um sie zu

suchen

অ্যালিস জানত যে থরগোশটি তাকে খুঁজতে আসছে

und sie zitterte, bis sie das Haus erschütterte

আর সে কাঁপতে কাঁপতে বাড়িটা কাঁপতে লাগল

Sie vergaß ganz, welche Proportionen sie hatte

তিনি বেশ ভুলে গিয়েছিলেন যে তার অনুপাত কী ছিল

Sie war tausendmal so groß wie das Kaninchen

সে থরগোশের চেয়ে হাজার গুণ বড় ছিল

und sie hatte keinen Grund, sich vor einem Kaninchen zu fürchten

আর থরগোশকে ভয় পাওয়ার কোনো কারণ ছিল না তার

Bald kam das Kaninchen an die Tür heran

এবার থরগোশটা দরজার কাছে এসে দাঁড়াল

Und das kleine Kaninchen versuchte, die Tür zu öffnen

আর ছোট্ট থরগোশটা দরজা খোলার চেষ্টা করল

Die Tür begann sich nach innen zu öffnen

দরজা ভিতরের দিকে খুলতে শুরু করল

aber Alices Ellbogen wurde hart gegen die Tür gedrückt

কিন্তু অ্যালিসের কনুই দরজার সাথে সজোরে চাপ দেওয়া হয়েছিল

Dieser Versuch erwies sich als Fehlschlag

সেই চেষ্টা ব্যর্থ প্রমাণিত হয়েছিল

Alice hörte, wie das Kaninchen mit sich selbst sprach

অ্যালিস থরগোশটিকে নিজের সাথে কথা বলতে শুনল

"Dann gehe ich herum und steige durch das Fenster ein"

"তাহলে আমি ঘুরে ঘুরে জানালা দিয়ে ঢুকব"

"Das wirst du nicht!" dachte Alice

"যে তুমি করবে না!" অ্যালিস ভেবেছিল

und sie wartete wieder ein wenig

সে আবার একটু অপেক্ষা করল

Bald hörte sie das Kaninchen gerade unter dem Fenster

একটু পরেই জানালার নিচে থরগোশের ডাক শুনতে পেল সে

Plötzlich streckte sie ihre Hand aus

সে হঠাৎ তার হাত ছড়িয়ে দিল

Und sie machte einen Sprung in die Luft

এবং তিনি বাতাসে একটি ছিনতাই করেছিলেন

Sie bekam nichts in die Finger

তিনি কিছুই ধরতে পারেননি

aber sie hörte einen kleinen Schrei und einen Sturz

কিন্তু সে একটু চিৎকার আর পতনের শব্দ শুনতে পেল

und sie hörte ein Krachen von zerbrochenem Glas

এবং সে ভাঙা কাচের আছড়ে পড়ার শব্দ শুনতে পেল

Vielleicht war das Kaninchen gefallen

সম্ভবত খরগোশটি পড়ে গিয়েছিল

Vielleicht war er in einem Gewächshaus

তিনি হয়তো গ্রিন-হাউসে ছিলেন

Dann ertönte eine zornige Stimme; Die Stimme des Kaninchens

এরপরই ভেসে আসে ক্রুদ্ধ কন্ঠস্বর; খরগোশের কন্ঠ

"Pat, wo bist du?"

"প্যাট, তুমি কোথায়?"

Und dann ertönte eine Stimme, die sie noch nie zuvor gehört hatte

এবং তারপর এমন একটি কন্ঠস্বর এল যা সে আগে কখনও শোনেনি

"Euer Ehren, ich bin hier!"

"ইয়োর অনার, আমি এখানে!

"Ich grabe nach Äpfeln"

"আমি আপেল জন্য খনন করছি"

»Hier! Komm und hilf mir da raus!"

"এই যে! আসুন এবং আমাকে এই থেকে মুক্তি দিন!"

»Nun sag mir, Pat, was ist das da im Fenster?«

"এবার বলো প্যাট, জানালায় ওটা কী?"

"Sicher, Euer Ehren, ich werde es Ihnen sagen"

"অবশ্যই, ইয়োর অনার, আমি আপনাকে বলব"

"Das ist ein Arm, der im Fenster steckt!"

"এটা একটা হাত যা জানালায় আছে!"

"Na ja, da hat ein Arm nichts zu suchen"

"আচ্ছা, একটা হাতের ওখানে কোনো কাজ নেই"

"Geh und nimm den Arm weg!"

"যাও, হাতটা নিয়ে যাও!"

Hierauf trat ein langes Schweigen ein

এর পর দীর্ঘ নীরবতা বিরাজ করে

und Alice konnte nur ab und zu ein Flüstern hören

এবং অ্যালিস কেবল মাঝে মাঝে ফিসফিস শুনতে পাচ্ছিল

und endlich streckte sie die Hand wieder aus

অবশেষে সে আবার হাত বাড়িয়ে দিল

Und sie machte einen weiteren Sprung in die Luft

এবং সে বাতাসে আরও একটি ছিনতাই করেছিল

Diesmal gab es zwei kleine Schreie

এবার দুটো ছোট চিৎকার শোনা গেল

und es gab noch mehr Geräusche von zerbrochenem Glas

আরও ভাঙা কাঁচের শব্দ শোনা গেল

"Ich möchte wohl wissen, was sie nun tun werden!" dachte Alice

"আমি ভাবছি তারা এর পরে কী করবে!" অ্যালিস ভেবেছিল

"Ich wünschte, sie würden mich aus dem Fenster ziehen"

"আমি আশা করি তারা আমাকে জানালা দিয়ে টেনে তুলবে"

Sie wartete eine Weile

সে কিছুক্ষণ অপেক্ষা করল

aber eine Weile hörte sie nichts mehr

কিন্তু কিছুক্ষণ সে আর কিছু শুনতে পেল না

Endlich ertönte das Rumpeln kleiner Rädchen

অবশেষে ছোট ছোট চাকার গুঞ্জন শোনা গেল

Und da ertönten viele Stimmen

এবং সেখানে অনেক ভাল কণ্ঠস্বর শোনা গেল

Alle Stimmen sprachen miteinander

সব কন্ঠ একসঙ্গে কথা বলছিল

Sie konnte einige der Worte verstehen

তিনি কিছু শব্দ বের করতে পারতেন

"Wo ist die andere Leiter?"

"অন্য সিঁড়িটা কোথায়?"

"Bill hat die andere Leiter"

"বিল অন্য সিঁড়ি পেয়েছে"

"Bill, komm her!"

"বিল, এদিকে এসো!

"Wird das Dach die Last tragen?"

"ছাদ কি ভার বহন করবে?"

"Wer will schon den Schornstein hinuntergehen?"

"কে চিমনি দিয়ে নামতে চায়?"

»Nein, das werde ich nicht! Du machst es!"

"না, আমি যাব না! তুই করবি!"

»Hier, Bill!«

"এই যে বিল!"

"Der Meister sagt, du musst in den Schornstein hinunter!"

"মাস্টারমশাই বলছেন চিমনি দিয়ে নামতে হবে!"

Alice zog ihren Fuß so weit den Schornstein hinab, wie sie konnte

অ্যালিস তার পা যতটা সম্ভব চিমনি থেকে নামিয়ে আনল

Und dann wartete sie, was kommen würde

তারপর অপেক্ষা করতে লাগল কি আসছে দেখার জন্য

Sie hörte ein kleines Tier kratzen und krabbeln

সে শুনতে পেল একটা ছোট্ট জন্তু আঁচড়াচ্ছে আর কিচিরমিচির করছে

Das Tierchen muss sich im Schornstein befinden

ছোট্ট প্রাণীটি অবশ্যই চিমনিতে থাকতে হবে

dann gab sie einen scharfen Tritt

তারপর একটা ধারালো লাথি মারল

Und sie wartete ab, was als nächstes geschehen würde

এরপর কী হয় তা দেখার জন্য তিনি অপেক্ষা করতে লাগলেন

Sie hörte einen allgemeinen Chor von Stimmen

সে শুনতে পেল একটি সাধারণ কোরাস কন্ঠস্বর

"Da geht Bill!", sagten alle

"এই যে বিল!" সবাই বলে উঠল

Dann hörte sie allein die Stimme des Kaninchens

তারপর একা একা খরগোশের গলা শুনতে পেল

"Du an der Hecke, fang ihn!"

"তুই ঝোপের ধারে, ওকে ধর!"

Es trat wieder ein Augenblick des Schweigens ein

আরেক মুহূর্তের নীরবতা বিরাজ করল

Und dann gab es wieder ein Stimmengewirr

আর তখনই কন্ঠস্বরের আরেক বিভ্রান্তি দেখা দিল

"Halt seinen Kopf hoch, Brandy"

"মাথা উঁচু করে দাঁড়াও, ব্র্যান্ডি"

"Pass auf, dass du ihn nicht würgst"

'সাবধানে থেকো যেন তার গলা টিপে না ধরে'

"Was ist mit dir passiert?"

"কি হয়েছে তোমার?"

Zuletzt kam eine kleine, schwache, quietschende Stimme

শেষের দিকে একটু ক্ষীণ, চাপা কন্ঠস্বর ভেসে এল

"Nun, ich weiß es kaum mehr"

"আচ্ছা, আমি আর জানি না"

"Danke euch allen, mir geht es jetzt besser"

'সবাইকে ধন্যবাদ, আমি এখন ভালো আছি'

"Es gibt eine Sache, an die ich mich erinnern kann"

"একটা জিনিস আমি মনে করতে পারি"

"Irgendetwas kommt auf mich zu wie ein Zug im Tunnel"

"সুড়ঙ্গের মধ্যে ট্রেনের মতো কিছু আমার দিকে আসে"

"Und ich fliege hoch wie eine Rakete!"

"আর আমি আকাশ-রকেটের মতো উড়ছি!"

Es gab ein oder zwei Minuten des Schweigens

সেখানে দু-এক মিনিট নীরবতা বিরাজ করে

Und dann fingen sie wieder an, sich zu bewegen

তারপর তারা আবার নড়াচড়া শুরু করে

und Alice hörte das Kaninchen wieder sprechen

এবং অ্যালিস আবার খরগোশের কথা শুনতে পেল

"Ein Karren voll reicht für den Anfang"

"একটি ব্যারো উইল করবে, শুরু করার জন্য"

"Einen Karren voll wovon?" dachte Alice

"কিসের বারো?" অ্যালিস ভাবল

Aber sie wurde nicht lange in Atem gehalten

কিন্তু তাকে বেশিক্ষণ সাসপেন্সে রাখা হয়নি

Ein Regen von kleinen Kieselsteinen drang durch das Fenster

জানালা দিয়ে ছোট ছোট নুড়ি পাথরের বৃষ্টি ভেসে আসছে

und einige der kleinen Kieselsteine trafen sie im Gesicht

আর কিছু ছোট ছোট নুড়ি পাথর তার মুখে আঘাত করে

Alice wunderte sich über die kleinen Kieselsteine

অ্যালিস ছোট ছোট নুড়ি পাথর দেখে অবাক হয়েছিল

all die kleinen Kieselsteine verwandelten sich in Kuchen

ছোট ছোট সব নুড়ি পাথর কেকে পরিণত হচ্ছিল

und eine glänzende Idee kam ihr in den Kopf

এবং তার মাথায় একটি উজ্জ্বল ধারণা এসেছিল

"Einen von diesen Kuchen sollte ich essen"

"আমার এই কেকগুলির মধ্যে একটি থাওয়া উচিত"

"Der Kuchen wird sicher etwas an meiner Größe ändern"

"কেক আমার আকারে কিছু পরিবর্তন আনতে নিশ্চিত"

Also schluckte sie einen der Kuchen

তাই সে একটা কেক গিলে ফেলল

und sie freute sich, als sie feststellte, dass sie anfing zu schrumpfen

এবং তিনি সঙ্কুচিত হতে শুরু করেছেন তা জানতে পেরে তিনি আনন্দিত হয়েছিলেন

Bald war sie klein genug, um durch die Tür zu kommen

কিছুক্ষণের মধ্যেই সে দরজা দিয়ে ঢোকার জন্য যথেষ্ট ছোট হয়ে গেল

Sie rannte aus dem Haus

সে তো বাড়ি থেকে পালিয়ে গেল

Draußen wartete eine Menge kleiner Tiere und Vögel

বাইরে অপেক্ষা করছিল ছোট ছোট পশু-পাখির ভিড়

alle kleinen Vögel und Tiere stürzten sich auf Alice

সব ছোট ছোট পাখি আর পশুপাখি ছুটে এল অ্যালিসের দিকে

aber sie rannte davon, so schnell sie konnte

কিন্তু সে যত দ্রুত সম্ভব দৌড়ে পালিয়ে গেল

und bald fand sie sich sicher in einem dichten Walde

এবং শীঘ্রই তিনি নিজেকে একটি ঘন কাঠের মধ্যে নিরাপদ খুঁজে পেলেন

Alice irrte im Walde umher

অ্যালিস জঙ্গলে ঘুরে বেড়াচ্ছিল

Und sie dachte bei sich:

এবং তিনি মনে মনে ভাবলেন:

"Ich weiß, was ich zuerst zu tun habe"

'আমি জানি আগে আমাকে কী করতে হবে'

"erst muss ich wieder auf meine richtige Größe wachsen"

"প্রথমে আমাকে আবার আমার সঠিক আকারে বাড়তে হবে"

"Und dann muss ich den Weg in diesen schönen Garten finden"

"এবং তারপরে আমাকে সেই সুন্দর বাগানে আমার পথ খুঁজে বের করতে হবে"

"Ich glaube, ich sollte irgendetwas essen oder trinken"

"আমার মনে হয় আমার কিছু খাওয়া বা পান করা উচিত"

"Aber die Frage ist, was soll ich essen oder trinken?"

কিন্তু প্রশ্ন হচ্ছে, আমি কী খাব বা পান করব?

Alice blickte sich um und betrachtete die Blumen

অ্যালিস তার চারপাশে ফুলের দিকে তাকাল

Und sie schaute durch die Grashalme hindurch

আর সে ঘাসের ফাঁক দিয়ে তাকিয়ে রইল

aber sie konnte nichts zu essen und zu trinken sehen

কিন্তু খাওয়া-দাওয়া করার মতো কিছুই চোখে পড়ল না

Nichts sah nach dem Richtigen zum Essen oder Trinken aus

খাওয়া বা পান করার জন্য কিছুই সঠিক জিনিস বলে মনে হয়নি

In ihrer Nähe wuchs ein großer Pilz

তার পাশেই একটা বড় মাশরুম জন্মেছিল

der Pilz war ungefähr so groß wie Alice

মাশরুমের উচ্চতা ছিল অ্যালিসের সমান

Sie streckte sich auf den Zehenspitzen auf

পায়ের আঙুলের উপর ভর দিয়ে নিজেকে প্রসারিত করল সে

Und sie guckte über den Rand des Pilzes

এবং সে মাশরুমের প্রান্তে উঁকি দিল

Ihre Augen trafen sofort die Augen einer großen blauen Raupe

তার চোখ তৎক্ষণাৎ একটি বড় নীল শুঁয়োপোকার চোখের সাথে মিলিত হয়েছিল

Die Raupe saß auf der Spitze des Pilzes

শুঁয়োপোকা মাশরুমের উপরে বসে ছিল

und die Raupe hatte alle Arme gekreuzt

এবং শুঁয়োপোকা তার সমস্ত বাহু অতিক্রম করেছিল

Und er rauchte leise eine lange Wasserpfeife

আর সে চুপচাপ একটা লম্বা হুক্কা ফুঁকছিল

und er nahm nicht die geringste Notiz von irgendetwas

এবং তিনি কোন কিছুর বিন্দুমাত্র খেয়াল করেননি

und er achtete gewiß nicht auf Alice

এবং তিনি অবশ্যই অ্যালিসের দিকে মনোযোগ দেননি

Ratschläge von einer Raupe
একটি শুঁয়োপোকা থেকে পরামর্শ

Endlich nahm die Raupe die Shisha aus dem Maul

অবশেষে শুঁয়োপোকা মুখ থেকে হুক্কাটা বের করল

und er redete Alice mit einer trägen, schläfrigen Stimme an

এবং তিনি অ্যালিসকে একটি নিদ্রালু, ঘুমন্ত কন্ঠে সম্বোধন করেছিলেন

"Wer bist du?" fragte die Raupe

"তুমি কে?" শুঁয়োপোকা বলল

Alice antwortete etwas schüchtern: "Ich weiß es kaum, Sir."

অ্যালিস বরং লাজুকভাবে জবাব দিল, "আমি খুব কমই জানি, স্যার"

"Gerade im Moment ist alles ein bisschen..."

"এই মুহূর্তে সবই একটু..."

"Ich weiß, wer ich war, als ich heute Morgen aufgestanden bin."

"আমি জানি আমি কে ছিলাম যখন আমি সকালে উঠেছিলাম"

"aber ich glaube, ich muss mich seitdem mehrmals verändert

haben"

"কিন্তু আমার মনে হয় আমি নিশ্চয়ই তখন থেকে বেশ কয়েকবার বদলেছি"

"Was meinst du damit?" sagte die Raupe

"এর দ্বারা আপনি কী বোঝাতে চাইছেন?" শুঁয়োপোকা বলল

Streng forderte die Raupe sie auf, sich zu erklären

কড়া গলায় শুঁয়োপোকা তাকে নিজের ব্যাখ্যা দিতে বলল

»Ich kann mich nicht erklären, fürchte ich, Sir«, sagte Alice

"আমি নিজেকে ব্যাখ্যা করতে পারি না, আমি ভয় পাচ্ছি, স্যার," অ্যালিস বলল

"weil ich nicht ich selbst bin"

'কারণ আমি নিজে নই'

"Du siehst, es ist sehr verwirrend, so viele verschiedene Größen an einem Tag zu haben"

"আপনি দেখুন, একদিনে এতগুলি বিভিন্ন আকার হওয়া খুব বিভ্রান্তিকর"

Sie raffte sich auf und sagte sehr ernst:

সে নিজেকে সামলে নিয়ে খুব গম্ভীর গলায় বলল:

"Ich denke, du solltest mir zuerst sagen, wer du bist"

"আমার মনে হয় তোমার আগে আমাকে বলা উচিত তুমি কে"

"Warum?" fragte die Raupe

"কেন?" শুঁয়োপোকা বলল

Alice fiel kein guter Grund ein

অ্যালিস কোনো সঙ্গত কারণ ভাবতে পারছিল না

und die Raupe schien sich in einem sehr unangenehmen Gemütszustand zu befinden

এবং শুঁয়োপোকা মনের খুব অপ্রীতিকর অবস্থায় ছিল বলে মনে হয়েছিল

also wandte sie sich ab

তাই সে মুখ ফিরিয়ে নিল

"Komm zurück!" rief ihr die Raupe nach

"ফিরে এসো!" শুঁয়োপোকা তার পরে ডাকল

"Ich habe etwas Wichtiges zu sagen!"

"আমার কিছু জরুরি কথা আছে!"

Alice drehte sich um und kam wieder zurück

অ্যালিস ঘুরে দাঁড়াল এবং আবার ফিরে এল

"Behalte die Fassung!" sagte die Raupe

"মেজাজ ধরে রাখো," শুঁয়োপোকা বলল

»Ist das alles?« fragte Alice

"শুধু এটুকুই?" অ্যালিস বলল

und sie schluckte ihren Zorn hinunter, so gut sie konnte

এবং সে তার রাগটি যথাসম্ভব ভালভাবে গিলে ফেলল

"Nein!" sagte die Raupe

"না," শুঁয়োপোকা বলল

Die Raupe breitete ihre Arme aus

শুঁয়োপোকা তার বাহু উন্মোচন করল

Und er nahm die Shisha wieder aus dem Mund

এবং তিনি আবার মুখ থেকে হুক্কা বের করলেন

Und er sagte: "Du glaubst also, du bist verändert, oder?"

তিনি বললেন, "তাহলে আপনি মনে করেন আপনি
পরিবর্তিত হয়েছেন, তাই না?"

»Ich fürchte, ich bin verändert, Sir,« sagte Alice

"আমি ভয় পাচ্ছি, আমি পরিবর্তিত হয়েছি, স্যার," অ্যালিস
বলল

"Ich kann mich nicht mehr so an Dinge erinnern, wie ich sie
früher in Erinnerung hatte"

"আমি জিনিসগুলি যেভাবে মনে রাখতাম সেগুলি আমি মনে
রাখতে পারি না"

"Und ich bleibe nicht länger als zehn Minuten gleich groß!"

"এবং আমি দশ মিনিটের বেশি একই আকারে থাকি না!"

"Wie groß willst du sein?" fragte die Raupe

"আপনি কোন আকারের হতে চান?" শুঁয়োপোকা জিজ্ঞাসা

করলেন

»Oh, es ist mir nicht besonders wichtig, wie groß ich bin«, erwiderte Alice hastig

"ওহ, আমি কোন আকারের তা নিয়ে আমি বিশেষ কিছু মনে করি না," অ্যালিস তাড়াতাড়ি জবাব দিল

"Ich mag es einfach nicht, so oft die Größe zu wechseln, weißt du"

"অমি ঘন ঘন আকার পরিবর্তন করতে পছন্দ করি না, আপনি জানেন"

"Ich würde gerne etwas größer sein, Sir"

"আমি আরেকটু বড় হতে চাই, স্যার"

»wenn es dir nichts ausmacht,« fügte Alice hinzu

"যদি আপনি কিছু মনে না করেন," অ্যালিস যোগ করলেন

"Zehn Zentimeter sind so eine erbärmliche Größe"

"দশ সেন্টিমিটার এত খারাপ উচ্চতা"

"Das ist wirklich eine sehr gute Höhe!" sagte die Raupe ärgerlich

শুঁয়োপোকা রাগান্বিত হয়ে বলল, "এটা সত্যিই খুব ভাল উচ্চতা!"

und er richtete sich auf, während er sprach

আর কথা বলতে বলতে সোজা হয়ে দাঁড়ালেন

Er war genau zehn Zentimeter groß

তার উচ্চতা ছিল ঠিক দশ সেন্টিমিটার

In ein oder zwei Minuten war die Raupe vom Pilz heruntergekommen

দু–এক মিনিটের মধ্যে শুঁয়োপোকা মাশরুম থেকে নেমে গেল

und er kroch ins Gras

আর সে হামাগুড়ি দিয়ে ঘাসের মধ্যে চলে গেল

Als er sich entfernte, machte er einige kleine Bemerkungen

চলে যাওয়ার সময় ছোটখাটো কিছু মন্তব্য করলেন

"Eine Seite lässt dich größer werden"

'একপাশ আপনাকে লম্বা করে তুলবে'

"Und die andere Seite wird dich kleiner werden lassen"

"আর অপর পক্ষ তোমাকে খাটো করে তুলবে"

"Eine Seite wovon?" dachte Alice bei sich

"কিসের একপাশ?" অ্যালিস মনে মনে ভাবল

"Die andere Seite von was?"

"কিসের অন্য পিঠ?"

"Die Seite des Pilzes!" sagte die Raupe

"মাশরুমের পাশ," শুঁয়োপোকা বলল

Es war, als hätte sie ihre Frage laut gestellt

যেন সে তার প্রশ্নটা জোরে জোরে জিজ্ঞেস করল

und im nächsten Augenblick war er außer Sichtweite

আর কিছুক্ষণের মধ্যেই তিনি দৃষ্টিসীমার বাইরে চলে গেলেন

Alice blieb stehen und betrachtete den Pilz nachdenklich

অ্যালিস মাশরুমের দিকে চিন্তিতভাবে তাকিয়ে রইল

Sie versuchte herauszufinden, welche die beiden Seiten des Pilzes waren

সে বোঝার চেষ্টা করছিল মাশরুমের দুটো দিক কোনটা

Endlich streckte sie ihre Arme um den Pilz

অবশেষে সে মাশরুমের চারপাশে তার হাত প্রসারিত করল

und sie brach ein Stück der Ränder ab

এবং তিনি প্রান্তের কিছুটা ভেঙে ফেলেছিলেন

»Und nun, welche Seite ist welche?« fragte sie sich

"আর এখন, কোন পক্ষ?" সে মনে মনে বলল

und sie knabberte ein wenig von dem Stück der rechten Hand

আর ডান হাতের কামড়টা একটু কামড়ে ধরল

Im nächsten Augenblick spürte sie einen heftigen Schlag unter ihrem Kinn

পরক্ষণেই থুতনির নিচে প্রচণ্ড আঘাত অনুভব করল সে

Ihr Kinn hatte ihren Fuß getroffen!

তার চিবুক তার পায়ে আঘাত করেছিল!

Sie war sehr erschrocken über diese sehr plötzliche Veränderung

এই আকস্মিক পরিবর্তনে তিনি বেশ ভয় পেয়েছিলেন

Sie schrumpfte sehr schnell

সে খুব দ্রুত সঙ্কুচিত হচ্ছিল

Also aß sie schnell etwas von dem anderen Stück Pilz

তাই সে তাড়াতাড়ি অন্য কিছু মাশরুম খেয়ে ফেলল

Ihr Kinn war sehr eng gegen ihren Fuß gepresst

তার চিবুকটি তার পায়ের সাথে খুব ঘনিষ্ঠভাবে চেপে ছিল

Es war kaum Platz, um den Mund aufzumachen

মুখ খোলার জায়গা ছিল না বললেই চলেছিল

aber schließlich gelang es ihr, den Mund aufzumachen

কিন্তু শেষ পর্যন্ত মুখ খুলতে পেরেছেন তিনি

und sie schluckte einen Bissen von dem linken Stück

আর বাঁ হাতের এক টুকরো ঢোক গিলে ফেলল

»mein Kopf ist endlich frei!« sagte Alice

"অবশেষে আমার মাথা মুক্ত হয়েছে!" অ্যালিস বলল

Sie blickte an sich herunter

সে নিজের দিকে তাকাল

aber alles, was sie sehen konnte, war ein ungeheurer Hals

কিন্তু সে শুধু দেখতে পাচ্ছিল ঘাড়ের দৈর্ঘ্য

Ihr Hals schien sich wie ein Stiel zu erheben

তার ধোনটা যেন ডাঁটার মতো উঠে গেছে

Und sie blickte auf ein Meer von grünen Blättern hinab

আর সবুজ পাতার সমুদ্রের দিকে তাকিয়ে রইল সে

"Wo sind meine Schultern geblieben?"

"আমার কাঁধ কোথায় পৌঁছেছে?"

»Und ach, meine armen Hände, wie kommt es, daß ich euch nicht sehen kann?«

"আর ওহ, আমার দরিদ্র হাত, আমি তোমাকে দেখতে পাচ্ছি না কেন?"

Aber ihr Hals hatte einen Vorteil

তবে তার ঘাড়ের একটা সুবিধা ছিল

Sie konnte ihren Kopf in jede Richtung bewegen

সে যে কোনও দিকে মাথা নাড়াতে পারে

Tatsächlich war sie wie eine Schlange

আসলে, তিনি ঠিক একটি সাপের মতো ছিলেন

Sie senkte anmutig ihren Kopf im Zickzack

সে সন্তর্পণে মাথা নিচু করল

Und sie bewegte ihren Kopf durch die Bäume

আর গাছের ফাঁক দিয়ে মাথা নাড়তে লাগল

Aber dann hörte sie ein scharfes Zischen

কিন্তু তখনই সে একটা তীক্ষ্ণ হিস হিস শব্দ শুনতে পেল

Und sie zog schnell den Kopf zurück

তাড়াতাড়ি মাথাটা পেছনে টেনে নিল

Eine große Taube war ihr ins Gesicht geflogen

একটা বড় কবুতর উড়ে গেল তার মুখের দিকে

und die Taube fuhr mit den Flügeln heftig zusammen

আর কবুতর তার ডানা দিয়ে হিংস্রভাবে ছিল

»Schlange!« rief die Taube

"সাপ!" কবুতর চিৎকার করে উঠল

"Ich bin keine Schlange!" sagte Alice entrüstet

"আমি সাপ নই!" অ্যালিস রাগান্বিত হয়ে বলল

"Laß mich in Ruhe!"

"আমাকে একা থাকতে দাও!"

"Ich habe die Wurzeln von Bäumen ausprobiert"

"আমি গাছের শিকড় চেষ্টা করেছি"

"Und ich habe es mit Hecken versucht", fuhr die Taube fort

"এবং আমি হেজেস চেষ্টা করেছি," কবুতর বলে চলল

»Aber diese Schlangen! Man kann es ihnen nicht recht machen!"

"কিন্তু ঐ সাপগুলো! তাদের খুশি করার কিছু নেই!"

Alice war immer verwirrter

অ্যালিস আরও বেশি করে বিস্মিত হয়েছিল

"Als ob es nicht schon Mühe genug wäre, die Eier auszubrüten!" sagte die Taube

কবুতর বলল, "যেন ডিম ফোটানোর মতো সমস্যা হয়নি

"Tag und Nacht muss ich mich auch vor Schlangen in Acht nehmen!"

"রাত-দিন আমাকেও সাপের সন্ধান করতে হবে!"

"Ich hatte gerade den höchsten Baum im Wald gefunden"

"আমি সবেমাত্র বনের সবচেয়ে উঁচু গাছটি খুঁজে পেয়েছি"

"Wäre ich hier sicher frei von Schlangen?"

"নিশ্চয়ই আমি এখানে সাপ থেকে মুক্ত হব?"

"Und heraus kommt eine Schlange vom Himmel!"

"এবং আকাশ থেকে একটি সাপ বেরিয়ে আসে!"

"Aber ich bin keine Schlange, sage ich dir!" sagte Alice

"তবে আমি তো সাপ নই, আমি আপনাকে বলছি!" অ্যালিস বলল

"Ich bin ein... Ich bin ein... Ich bin ein kleines Mädchen«, fügte sie etwas zweifelnd hinzu

"আমি একটি... আমি একটি... আমি একটা বাচ্চা মেয়ে," তিনি বরং সন্দেহের সাথে যোগ করলেন

Schließlich hatte sie viele Veränderungen durchgemacht

সর্বোপরি তিনি অনেক পরিবর্তনের মধ্য দিয়ে যাচ্ছিলেন

"Du suchst Eier!" sagte die Taube

কবুতর বলল, "আপনি ডিম খুঁজছেন

"Das weiß ich mit Sicherheit"

"আমি জানি যে একটি সত্যের জন্য"

"Und was macht es aus, ob du ein kleines Mädchen oder eine Schlange bist?"

"আর তুমি বাচ্চা মেয়ে না সাপ তাতে কি আসে যায়?"

»Es liegt mir sehr viel daran,« sagte Alice hastig

"এটা আমার কাছে অনেক গুরুত্বপূর্ণ," অ্যালিস তাড়াতাড়ি বলল

"Aber ich bin nicht auf der Suche nach Eiern, wie es der Zufall will"

"কিন্তু আমি ডিম খুঁজছি না, যেমনটা হয়"

"Und ich würde deine Eier sowieso nicht wollen"

"আর আমি তোমার ডিম চাইব না"

"Ich mag meine Eier nicht roh"

"আমি আমার ডিম কাঁচা পছন্দ করি না"

»Nun, dann fort!« sagte die Taube in mürrischem Tone

কবুতর বিষণ্ণ স্বরে বলল, "আচ্ছা, তাহলে চলে যাও!"

und die Taube ließ sich wieder in ihrem Nest nieder

এবং কবুতরটি আবার তার নীড়ে বসল

Alice kauerte sich zwischen die Bäume, so gut sie konnte

অ্যালিস যতটা সম্ভব গাছের মধ্যে ঝুঁকে পড়ল

Ihr Hals verfing sich immer wieder zwischen den Ästen

তার ঘাড় গাছের ডালে জড়িয়ে যাচ্ছিল

Hin und wieder musste sie anhalten und ihren Hals aufdrehen

মাঝে মাঝেই তাকে থামতে হয় এবং ঘাড় খুলতে হয়

Nach einer Weile erinnerte sie sich an den Pilz

কিছুক্ষণ পর মাশরুমের কথা মনে পড়ল

Sie hielt die Pilzstücke noch immer in ihren Händen

মাশরুমের টুকরোগুলো তখনও তার হাতে ছিল

Und sie machte sich sehr vorsichtig an die Arbeit

এবং তিনি খুব সাবধানে কাজ সেট

Zuerst knabberte sie an einem Stück

প্রথমে সে এক টুকরো টুকরো

Und dann knabberte sie an dem anderen Stück

তারপর অন্য টুকরো টুকরো

Manchmal wurde sie größer

মাঝে মাঝে সে লম্বা হয়ে উঠত

und manchmal wurde sie kleiner

আর মাঝে মাঝে খাটো হয়ে যেত

Aber schließlich erreichte sie ihre übliche Größe

কিন্তু অবশেষে তিনি তার স্বাভাবিক উচ্চতা অর্জন করেন

Sie war schon seit einiger Zeit nicht mehr so groß wie sie selbst

বেশ কিছুদিন ধরে তিনি নিজের উচ্চতা ছিলেন না

So fühlte sich alles eine Zeit lang seltsam an

তাই কিছুক্ষণের জন্য সবকিছু অদ্ভুত লাগছিল

"Das nächste, was zu tun ist, ist, in diesen schönen Garten zu gehen"

"পরবর্তী কাজটি হ'ল সেই সুন্দর বাগানে প্রবেশ করা"

»wie soll man das machen?«

"এটা কীভাবে করা যায়, আমি অবাক হই?"

Während sie dies sagte, stieß sie auf einen offenen Platz

এই বলিয়া তিনি একটি খোলা স্থানে উপস্থিত হইলেন

Da war ein kleines Haus, etwas höher als einen Meter

একটা ছোট্ট বাড়ি ছিল, এক মিটারের একটু বেশি উঁচু

"Ich frage mich, wer in diesem kleinen Haus wohnt"

"আমি ভাবছি এই ছোট্ট বাড়িতে কে থাকে"

"So groß wie ich bin, kann ich sicher nicht reingehen"

"আমি অবশ্যই আমার মতো বড় হতে পারি না"

"Ich würde sie fürchterlich erschrecken!"

"আমি ওদের ভীষণ ভয় দেখাতাম!"

Also knabberte sie wieder an dem kleinen Pilz

তাই সে আবার ছোট্ট মাশরুমে কামড় দিল

Und bald brachte sie sich dreißig Zentimeter tief

এবং শীঘ্রই তিনি নিজেকে ত্রিশ সেন্টিমিটার নিচে নামিয়ে আনলেন

Ein Schwein und etwas Pfeffer
একটি শূকর এবং কিছু গোলমরিচ

Ein oder zwei Minuten lang stand sie da und betrachtete das Haus

দু-এক মিনিট সে বাড়ির দিকে তাকিয়ে রইল

Plötzlich kam ein Lakai aus dem Walde gerannt

হঠাৎ জঙ্গল থেকে দৌড়ে বেরিয়ে এল এক পদাতিক

Er trug eine spezielle Livree-Uniform

তিনি একটি বিশেষ লিভারি ইউনিফর্ম পরেছিলেন

Seinem Gesicht nach zu urteilen, hätte sie ihn einen Fisch genannt

শুধু তার মুখ দেখেই বোঝা যেত, সে তাকে মাছ বলে ডাকত

und er klopfte laut mit den Fingerknöcheln an die Tür

আর সে জোরে জোরে দরজায় ধাক্কা মারল

Die Tür wurde von einem anderen Lakaien geöffnet

দরজা খুলল আরেকজন পদাতিক

Auch dieser Lakai trug eine besondere Livree

এই পদাতিকেরও পরনে ছিল বিশেষ পোশাক

Dieser Lakai hatte ein rundes Gesicht und große Augen wie ein Frosch

এই পদাতিকের মুখ ছিল গোলাকার এবং ব্যাঙের মতো বড় বড় চোখ

Der Lakai, der wie ein Fisch aussah, leitete die Zeremonie ein

মাছের মতো দেখতে ফুটম্যান অনুষ্ঠানের সূচনা করেছিলেন

Er zog etwas unter seinem Arm hervor

সে তার বগলের নিচ থেকে কিছু একটা বের করল

Und er zog unter seinem Arm einen Umschlag hervor

আর সে তার বগলের নিচ থেকে একটা থাম বের করল

und diesen Umschlag übergab er dem andern Lakaien

আর এই থামটা তিনি অন্য পদাতিকের হাতে তুলে দিলেন

In zeremoniellem Tone teilte er ihm die Befehle mit

আনুষ্ঠানিকতার সুরে তিনি তাকে আদেশগুলি জানালেন

"Diese Botschaft ist für die Herzogin"

"এই বার্তাটি ডাচেসের জন্য"

"Eine Einladung der Königin zum Krocketspielen"

"ক্রোকেট খেলার জন্য রানীর কাছ থেকে একটি আমন্ত্রণ"

Der Lakai, der wie ein Frosch aussah, wiederholte den Befehl

ব্যাঙের মতো দেখতে পদাতিক আদেশটি পুনরাবৃত্তি করল

"Von der Königin"

'ফ্রম দ্য কুইন'

"Eine Einladung"

"একটি আমন্ত্রণ"

"für die Herzogin"

"ডাচেসের জন্য"

"Krocket spielen"

"ক্রোকেট বাজানো"

Dann verbeugten sie sich beide tief

অতঃপর উভয়ে প্রণাম করলেন

und die Locken in ihren Perücken verwickelten sich ineinander

এবং তাদের পরচুলার কার্লগুলি একসাথে জড়িয়ে গেল

Bald war der Lakai, der wie ein Fisch aussah, verschwunden

কিছুক্ষণের মধ্যেই মাছের মতো দেখতে পদাতিক চলে গেল

Aber der Lakai, der wie ein Frosch aussah, war immer noch da

কিন্তু ব্যাঙের মতো দেখতে পদাতিক তখনও রয়ে গেছে

Er saß auf dem Boden in der Nähe der Tür

দরজার কাছে মাটিতে বসে ছিলেন তিনি

Er starrte dumm in den Himmel

সে বোকার মতো আকাশের দিকে তাকিয়ে ছিল

Alice ging schüchtern zur Tür und klopfte

অ্যালিস ভয়ে ভয়ে দরজার কাছে গিয়ে নক করল

»Es hat keinen Zweck, anzuklopfen,« sagte der Lakai

পদাতিক বলল, "নক করে লাভ নেই

"Und das aus zwei Gründen"

"আর সেটা দুটো কারণে"

"Erstens, weil ich auf der gleichen Seite der Tür stehe wie du"

"প্রথমত, কারণ আমি তোমার মতো দরজার একই পাশে আছি"

"Zweitens, weil sie drinnen so viel Lärm machen"

"দ্বিতীয়ত, কারণ তারা ভিতরে ভিতরে এত শব্দ করছে"

"Niemand könnte dich hören"

'কেউ শুনতে পাবে না

Und es war gewiß ein höchst merkwürdiger Lärm im Innern

আর ভেতরে নিশ্চয়ই একটা অদ্ভুত কোলাহল চলছিল

ein ständiges Heulen und Niesen

একটি ক্রমাগত চিৎকার এবং হাঁচি

und ab und zu ein Geräusch von großem Krachen

আর মাঝে মাঝেই প্রচণ্ড আছড়ে পড়ার আওয়াজ

als ob eine Schüssel oder ein Wasserkocher in Stücke zerbrochen wäre

যেন একটা থালা বা কেটলি ভেঙে টুকরো টুকরো হয়ে গেছে

"Wie soll ich da reinkommen?" fragte Alice

"আমি কীভাবে প্রবেশ করব?" অ্যালিস জিজ্ঞাসা করল

»Wollen Sie überhaupt hineinkommen?« fragte der Lakai
পদাতিক বলল, "আদৌ ঢুকতে পারবে নাকি?"
"Das ist die erste Frage, weißt du"
"এটাই প্রথম প্রশ্ন, আপনি জানেন"
Alice öffnete die Tür und trat ein
অ্যালিস দরজা খুলে ভিতরে ঢুকল
Die Tür führte direkt in eine große Küche
দরজা দিয়ে সোজা একটা বড় রান্নাঘরে ঢুকে গেল
Die Küche war von einem Ende bis zum anderen voller Rauch
রান্নাঘরের এক প্রান্ত থেকে অন্য প্রান্ত পর্যন্ত ধোঁয়ায় ভরে গেছে
in der Mitte der Küche saß die Herzogin
রান্নাঘরের মাঝখানে ছিল ডাচেস
Sie saß auf einem dreibeinigen Hocker
তিনি তিন পায়ের টুলে বসেছিলেন
und sie stillte ein Baby
এবং তিনি একটি শিশুকে স্তন্যপান করাচ্ছিলেন
Die Köchin beugte sich über das Feuer
বাবুর্চি আগুনের উপর হেলান দিয়ে দাঁড়িয়েছিল
Er rührte einen großen Kessel
তিনি একটি বড় ক্যালড্রন নাড়াচ্ছিলেন
und der Kessel schien mit Suppe gefüllt zu sein
আর ক্যালড্রন যেন স্যুপে ভরে গেছে
"Da ist sicher zu viel Pfeffer drin!" sagte Alice zu sich selbst
"ওই স্যুপে নিশ্চয়ই অনেক বেশি গোলমরিচ আছে!" অ্যালিস নিজেকে বলল
Sie sagte es, so gut sie konnte, ohne zu niesen
হাঁচি না দিয়ে যথাসাধ্য কথাটা বললেন তিনি
Sogar die Herzogin nieste gelegentlich
এমনকি ডাচেসও মাঝে মাঝে হাঁচি দিতেন
Aber die Handlungen des Babys waren am bemerkenswertesten

তবে শিশুটির কর্মকাণ্ড ছিল সবচেয়ে উল্লেখযোগ্য

Das Baby nieste und heulte abwechselnd

শিশুটি পর্যায়ক্রমে হাঁচি দিচ্ছিল এবং চিৎকার করছিল

Es gab keinen Augenblick Pause zwischen Heulen und Niesen

চিৎকার আর হাঁচির মাঝে এক মুহূর্তের বিরতিও ছিল না

Es gab zwei Kreaturen in der Küche, die nicht niesten

রান্নাঘরে দুটি প্রাণী ছিল যারা হাঁচি দেয়নি

Die Köchin war zu beschäftigt, um zu niesen

বাবুর্চি এত ব্যস্ত ছিল যে হাঁচি দিতে পারছিল না

Und die große Katze schien sich nicht an dem Pfeffer zu stören

আর বড় বিড়ালটা মরিচ নিয়ে কিছু মনে করল না

Stattdessen grinste die große Katze von einem Ohr zum anderen

পরিবর্তে, বড় বিড়ালটি কান থেকে কান পর্যন্ত হাসছিল

»Bitte, würdest du es mir sagen,« sagte Alice ein wenig schüchtern

"দয়া করে আপনি কি আমাকে বলবেন," অ্যালিস কিছুটা ভীরুভাবে বলল

"Warum grinst deine Katze so?"

"তোমার বিড়ালটা এভাবে হাসছে কেন?

»Es ist eine Cheshire-Katze,« sagte die Herzogin

"এটি একটি চেশায়ার-বিড়াল," ডাচেস বলেছিলেন

"Und deshalb grinst er von Ohr zu Ohr"

আর এ কারণেই সে কান থেকে কান পর্যন্ত হাসছে।

"Ich wusste nicht, dass eine Cheshire-Katze immer grinst"

"আমি জানতাম না যে একটি চেশায়ার-বিড়াল সর্বদা হাসে"

"Eigentlich wusste ich nicht, dass Katzen grinsen können", sagte Alice

"আসলে, আমি জানতাম না যে বিড়ালরা হাসতে পারে," অ্যালিস বলেছিলেন

»Es gibt vieles, was Sie nicht wissen,« sagte die Herzogin

"এমন অনেক কিছুই আছে যা আপনি জানেন না," ডাচেস বলেছিলেন

"Es gibt vieles, was man nicht weiß, und das ist eine Tatsache"

"এমন অনেক কিছুই আছে যা আপনি জানেন না এবং এটি একটি সত্য"

In diesem Augenblick nahm die Köchin den Kessel mit der Suppe vom Feuer

ঠিক তখনই বাবুর্চি আগুন থেকে স্যুপের ক্যালড্রন বের করে নিল

Und sogleich fing sie an, alles in ihre Reichweite zu werfen

এবং তৎক্ষণাৎ সে সবকিছু তার নাগালের মধ্যে ফেলে দিতে শুরু করল

sie warf alles, was sie konnte, auf die Herzogin und das Baby

সে তার সমস্ত কিছু ডাচেস এবং খোকামনির দিকে ছুঁড়ে মারল

Zuerst warf sie die Feuereisen

প্রথমে তিনি আগুন-ইস্ত্রি নিক্ষেপ করেন

Dann warf sie eine Handvoll Töpfe

তারপর এক মুঠো সসপ্যান ছুঁড়ে মারল

und schließlich warf sie die Teller und Schüsseln

এবং অবশেষে সে প্লেট এবং থালাগুলি ফেলে দিল

Die Herzogin nahm keine Notiz von ihr

ডাচেস তার দিকে খেয়াল করেননি

Selbst als sie von einem Teller getroffen wurde, machte sie sich keine Sorgen

এমনকি যখন তাকে একটি প্লেট দ্বারা আঘাত করা হয়েছিল তখনও তিনি চিন্তা করেননি

Das Baby heulte schon so viel

বাচ্চাটা এমনিতেই খুব কাঁদছিল

Es war also unmöglich zu sagen, ob die Schläge das Baby

verletzt haben oder nicht

তাই আঘাতের আঘাতে শিশুটি আঘাত পেয়েছে কি না তা বলা অসম্ভব ছিল

"Oh, gib bitte acht, was du tust!" rief Alice

"ওহ, আপনি যা করছেন তা দয়া করে মনে রাখবেন!" অ্যালিস চিৎকার করল

und sie sprang in Todesangst des Entsetzens auf und ab

আর সে আতঙ্কে লাফিয়ে উঠল

die Herzogin bot Alice das Baby an

ডাচেস অ্যালিসকে বাচ্চা দেওয়ার প্রস্তাব দিয়েছিলেন

»Hier! Du kannst das Kind ein wenig stillen, wenn du willst!«

"এই যে! তুমি চাইলে বাচ্চাটাকে একটু নার্সিং করাতে পারো!"

Und sie schleuderte das Kind nach ihr, während sie sprach

এবং কথা বলতে বলতে শিশুটিকে তার দিকে ছুঁড়ে মারলেন

"Ich muss gehen und mich darauf vorbereiten, mit der Königin Krocket zu spielen"

"আমাকে অবশ্যই যেতে হবে এবং রানীর সাথে ক্রোকেট খেলার জন্য প্রস্তুত হতে হবে"

und sie eilte aus dem Zimmer

এবং সে তাড়াতাড়ি ঘর থেকে বেরিয়ে গেল

Alice fing das Baby mit einiger Mühe auf

অ্যালিস অনেক কষ্টে শিশুটিকে ধরে ফেলে

weil es ein sehr seltsam geformtes kleines Wesen war

কারন এটা ছিল খুব অদ্ভুত আকৃতির একটা ছোট্ট প্রাণী

Und das Kind streckte seine Arme und Beine nach allen Richtungen aus

এবং শিশুটি তার হাত-পা চারদিকে প্রসারিত করে

"Das Kind nehme ich lieber mit!" dachte Alice

"আমি বরং এই শিশুটিকে আমার সাথে নিয়ে যাই," অ্যালিস ভাবল

"Sie werden dieses Baby sicher in ein oder zwei Tagen

töten"

"তারা নিশ্চিত এই শিশুটিকে এক বা দুই দিনের মধ্যে হত্যা করবে"

"Wäre es nicht Mord, dieses Baby zurückzulassen?"

"এই বাচ্চাটাকে ফেলে আসাটা কি খুন হবে না?"

Sie sprach die letzten Worte laut aus

শেষ কথাগুলো উচ্চস্বরে বলল সে

Und das kleine Ding grunzte als Antwort

আর উত্তরে ছোট্ট একটা জিনিস ঘোঁৎ ঘোঁৎ করে উঠল

"Du verwandelst dich am besten nicht in ein Schwein, meine Liebe!" sagte Alice

"তুমি শুয়োরে পরিণত না হওয়াই ভাল, আমার প্রিয়," অ্যালিস বলল

"sonst habe ich nichts mehr mit dir zu tun"

নইলে তোমার সাথে আমার আর কোন সম্পর্ক থাকবে না"

Alice fing eben an, bei sich selbst zu denken:

অ্যালিস সবেমাত্র নিজেকে ভাবতে শুরু করেছিল:

»Nun, was soll ich mit diesem Geschöpf anfangen, wenn ich es nach Hause bringe?«

"এখন, আমি এই প্রাণীটিকে নিয়ে কী করব, যখন আমি এটি বাড়িতে নিয়ে আসব?"

Aber dann grunzte das kleine Geschöpf ein wenig heftig

কিন্তু তখন ছোট্ট প্রাণীটি একটু হিংস্রভাবে ঘোঁৎ ঘোঁৎ করে উঠল

und Alice sah ihm erschrocken ins Gesicht

এবং অ্যালিস কিছুটা আতঙ্কিত হয়ে তার মুখের দিকে তাকাল

Diesmal konnte es keinen Irrtum geben

এবার আর কোনো ভুল হতে পারে না

Es war nicht mehr und nicht weniger als ein Schwein

এটি একটি শূকরের চেয়ে বেশি বা কম ছিল না

Da setzte sie das kleine Geschöpf ab

তাই সে ছোট্ট প্রাণীটিকে নামিয়ে দিল

und das kleine Geschöpf trabte leise in den Wald hinein

আর ছোট্ট প্রাণীটি নিঃশব্দে বনের মধ্যে চলে গেল

Alice war ziemlich erleichtert, als sie die Kreatur verschwinden sah

প্রাণীটিকে চলে যেতে দেখে অ্যালিস বেশ স্বস্তি বোধ করল

Alice erschrak ein wenig, als sie die Cheshire-Katze sah

চেশায়ার–বিড়ালকে দেখে অ্যালিস একটু চমকে উঠল

Er saß auf einem Ast eines Baumes, ein paar Meter entfernt

কয়েক গজ দূরে একটা গাছের ডালে বসেছিল ওটা

Die Katze grinste nur, als sie sie sah

বিড়ালটা তাকে দেখেই শুধু হাসল

»Cheshire-Katze,« begann Alice etwas schüchtern

"চেশায়ার–বিড়াল," অ্যালিস শুরু করল, বরং ভীরুভাবে

»Würden Sie mir bitte sagen, welchen Weg ich von hier aus einschlagen soll?«

"আপনি কি দয়া করে আমাকে বলবেন যে আমি এখান থেকে কোন দিকে যাব?"

"In diese Richtung", sagte die Katze

"ঐ দিকে," বিড়াল বলল

Und er fuchtelte mit der rechten Pfote herum

আর ডান পাঞ্জা ঘুরিয়ে ঘুরিয়ে

"In dieser Richtung lebt ein Hutmacher"

"সেই দিকে টুপি প্রস্তুতকারক বাস করে"

Und dann winkte die Katze mit der anderen Pfote

তারপর বিড়ালটা তার অন্য থাবা নাড়ল

"Und in dieser Richtung wohnt ein Märzhase"

"আর ঐ দিকেই বাস করে এক মার্চের থরগোশ"

»Besuchen Sie, wen Sie wollen; Sie sind beide verrückt"

"যেভাবে খুশি যাও; দুজনেই পাগল।

»Aber ich will nicht unter Verrückte gehen«, bemerkte Alice

"কিন্তু আমি পাগলদের মধ্যে যেতে চাই না," অ্যালিস মন্তব্য করেছিল

"Ach, dafür kannst du nicht helfen!" sagte die Katze

"ওহ, আপনি এটি সাহায্য করতে পারবেন না," বিড়াল বলল

"Wir sind alle verrückt hier"

'আমরা সবাই এখানে পাগল'

"Spielst du heute Krocket mit der Queen?"

"তুমি কি আজ রানির সাথে ক্রোকেট খেলছ?"

"Das würde ich sehr gerne!" sagte Alice

"আমি খুব চাই," অ্যালিস বলল

"aber ich bin noch nicht eingeladen worden"

'আমাকে এখনো আমন্ত্রণ জানানো হয়নি'

"Du wirst mich dort sehen!" sagte die Katze

"তুমি আমাকে সেখানে দেখতে পাবে," বিড়াল বলল

Und von einem Augenblick auf den anderen verschwand die Katze

এবং এক মুহূর্ত থেকে পরের মুহূর্তে বিড়ালটি অদৃশ্য হয়ে গেল

bald kam Alice in Sichtweite des Hauses des Märzhasen

শীঘ্রই অ্যালিস মার্চ থরগোশের বাড়িটি দেখতে পেল

Das war ein sehr großes Haus

এইটি একটি খুব বড় বাড়ি ছিল

Alice wollte also nicht in die Nähe des Hauses gehen

তাই অ্যালিস বাড়ির কাছে যেতে চাইত না

Zuerst musste sie noch etwas von dem linken Stück Pilz knabbern

প্রথমে তাকে মাশরুমের বাম পাশের অংশটি আরও কিছুটা কামড়াতে হয়েছিল

Eine verrückte Teeparty
পাগলাটে চায়ের আড্ডা

Vor dem Haus stand ein Baum

বাড়ির সামনে একটা গাছ ছিল

Und unter dem Baum stand ein Tisch

আর গাছের নিচে একটা টেবিল ছিল

und der Tisch war mit allerlei Besteck gedeckt

আর টেবিল সাজানো ছিল হরেক রকমের কাটলারি দিয়ে

Der Märzhase und der Hutmacher saßen bei Tisch

মার্চ থরগোশ এবং টুপি প্রস্তুতকারক টেবিলে ছিল

und zusammen tranken sie Tee

দুজনে মিলে চা খাচ্ছিলেন

Ein Siebenschläfer saß zwischen ihnen

তাদের মাঝখানে একটি ডরমাউস বসেছিল

und der Siebenschläfer schlief fest

আর ডরমাউস গভীর ঘুমে আচ্ছন্ন

Der Tisch war von außergewöhnlicher Größe

টেবিলটি ছিল অসাধারণ আকারের

Aber der größte Teil des Tisches war unbesetzt

কিন্তু টেবিলের বেশির ভাগ অংশই ছিল খালি

Sie saßen dicht gedrängt an einer Ecke des Tisches

তারা টেবিলের এক কোণে ভিড় করে বসেছিল

und doch entschuldigten sie sich, als sie Alice sahen

তবুও তারা অ্যালিসকে দেখে অজুহাত দেখাল

»Kein Platz! Kein Platz!« schrien sie

"রুম নেই! ঘর নেই!" তারা চিৎকার করে উঠল

»Es ist viel Platz!« sagte Alice entrüstet

"প্রচুর জায়গা আছে!" অ্যালিস রাগান্বিত হয়ে বলল

An einem Ende des Tisches stand ein großer Sessel

টেবিলের এক প্রান্তে একটা বড় আর্ম-চেয়ার ছিল

und Alice setzte sich in den Sessel

এবং অ্যালিস নিজেকে আরামকেদারায় বসল

Der Hutmacher riss die Augen weit auf

টুপি প্রস্তুতকারক চোখ বড় বড় করে খুলল
Er konnte nicht glauben, was er da sah
তিনি যা দেখছিলেন তা বিশ্বাস করতে পারছিলেন না
aber sein Geist war neugierig auf andere Dinge
কিন্তু তার মন ছিল অন্য বিষয়ে কৌতূহলী
»Warum ist ein Rabe wie ein Schreibtisch?«
"কাক লেখার টেবিলের মতো কেন?"
Alice war offen für die Herausforderung
অ্যালিস চ্যালেঞ্জের জন্য উন্মুক্ত ছিল
"Ich bin froh, dass sie angefangen haben, Rätsel zu stellen"
"আমি খুশি যে তারা ধাঁধা জিজ্ঞাসা করতে শুরু করেছে"
»Ich glaube, das kann ich erraten«, fügte sie laut hinzu
"আমি বিশ্বাস করি যে আমি এটি অনুমান করতে পারি,"
তিনি উচ্চস্বরে যোগ করলেন
Der Märzhase wurde neugierig auf Alice
মিছিলের খরগোশ অ্যালিসকে নিয়ে কৌতূহলী হয়ে উঠল
"Glaubst du wirklich, dass du die Antwort finden kannst?"
"আপনি কি সত্যিই মনে করেন যে আপনি উত্তরটি খুঁজে
পেতে পারেন?
»Ich glaube, ich kann die Antwort finden,« sagte Alice
"আমি মনে করি আমি সত্যিই উত্তর খুঁজে পেতে পারি,"
অ্যালিস বলল
**»Dann sollst du sagen, was du meinst,« fuhr der Märzhase
fort**
"তাহলে আপনি যা বলতে চাইছেন তা বলা উচিত,"
মিছিলটি বলে চলল
»Ich sage, was ich meine,« erwiderte Alice hastig
"আমি যা বলতে চাইছি তা বলছি," অ্যালিস তাড়াতাড়ি
জবাব দিল
"Zumindest meine ich ernst, was ich sage"
"অন্তত আমি যা বলি তা বোঝাতে চাই"
"Das ist dasselbe, weißt du"

"এটা একই জিনিস, আপনি জানেন"

Auch der Siebenschläfer trug zu dem Gespräch bei

ডরমাউসও কথোপকথনে অবদান রেখেছিল

Aber der Siebenschläfer schien im Schlaf zu sprechen

কিন্তু ডরমাউস যেন ঘুমের মধ্যে কথা বলছে

"Ich atme, wenn ich schlafe"

'ঘুমানোর সময় নিঃশ্বাস নিই'

"Ich schlafe, wenn ich atme!"

'নিঃশ্বাস নিলেই ঘুমিয়ে পড়ি'।

"Man könnte genauso gut sagen, dass sie auch gleich sind"

"আপনি পাশাপাশি বলতে পারেন যে তারাও একই"

"So ist es auch bei dir!" sagte der Hutmacher

টুপি প্রস্তুতকারক বলল, "আপনার ক্ষেত্রেও একই অবস্থা

und er goß ein wenig Tee über die Nase des Siebenschläfers

আর ডরমাউসের নাকে একটু চা ঢেলে দিল

Das Murmelthier schüttelte ungeduldig den Kopf

ডরমাউস অধৈর্যভাবে মাথা নাড়ল

Und wieder sprach das Murmelmaus, ohne die Augen zu öffnen

আবার ডরমাউস চোখ না খুলতেই কথা বলল

"Natürlich, natürlich ist es dasselbe"

"অবশ্যই, এটি একই"

"Das wollte ich ja auch sagen"

"এটাই আমি নিজে বলতে যাচ্ছিলাম"

Der Hutmacher wandte sich an Alice und stellte eine weitere Frage

টুপি প্রস্তুতকারক অ্যালিসের দিকে ফিরে আরও একটি প্রশ্ন জিজ্ঞাসা করল

"Hast du das Rätsel schon erraten?"

"আপনি কি এখনও ধাঁধাটি অনুমান করতে পেরেছেন?"

"Nein, ich gebe auf", gab Alice zu

"না, আমি হাল ছেড়ে দিচ্ছি," অ্যালিস স্বীকার করল

"Was ist die Antwort?", wollte sie wissen

"উত্তর কি?" সে জানতে চাইল

»Ich habe nicht die geringste Ahnung,« sagte der Hutmacher

টুপি প্রস্তুতকারক বলেন, 'আমার বিন্দুমাত্র ধারণা নেই

"Ich weiß es auch nicht!" sagte der Märzhase

"আমিও জানি না," মিছিলের থরগোশ বলল

Alice stieß einen müden Seufzer aus

অ্যালিস একটা ক্লান্ত দীর্ঘশ্বাস ফেলল

"Es gibt eine bessere Nutzung der Zeit als Rätsel ohne Antworten"

"উত্তর ছাড়া ধাঁধার চেয়ে সময়ের আরও ভাল ব্যবহার রয়েছে"

»Trinken Sie noch etwas Tee,« sagte der Märzhase sehr ernst zu Alice

"আরও কিছু চা পান করুন," মার্চের থরগোশ অ্যালিসকে খুব আন্তরিকভাবে বলল

Alice war ziemlich beleidigt über das Angebot

অ্যালিস এই প্রস্তাবে বেশ ক্ষুব্ধ হয়েছিল

»Ich habe noch keinen Tee getrunken,« erwiderte Alice

"আমি এখনও চা খাইনি," অ্যালিস উত্তর দিল

"Deshalb kann ich keinen Tee mehr trinken"

'তাই আর চা খেতে পারছি না

»Du meinst, weniger Tee kannst du nicht haben«, sagte der Hutmacher

টুপি প্রস্তুতকারক বলল, "তার মানে চা কম খাওয়া যাবে

না

"Es ist sehr einfach, mehr als nichts zu nehmen"
"কিছু না থাকার চেয়ে বেশি নেওয়া খুব সহজ"
Bei diesen Worten erhob sich Alice und ging fort
এই বলে অ্যালিস উঠে চলে গেল
Der Siebenschläfer schlief augenblicklich ein
ডরমাউস তৎক্ষণাৎ ঘুমিয়ে পড়ল
und keiner der andern nahm die geringste Notiz davon, daß sie ging
এবং অন্য কেউই তার চলে যাওয়ার বিষয়ে বিন্দুমাত্র খেয়াল করেনি

obwohl sie ein- oder zweimal zurückblickte
যদিও সে দু–একবার পেছন ফিরে তাকাল
Sie versuchten, den Siebenschläfer in die Teekanne zu stecken
তারা ডরমাউসকে চায়ের পাত্রে ঢোকানোর চেষ্টা করছিল
"Jedenfalls werde ich nie wieder dorthin gehen!" sagte Alice
"যাই হোক না কেন, আমি আর কখনও সেখানে যাব না!" অ্যালিস বলল
Und sie ging ihren Weg durch den Wald
এবং সে জঙ্গলের মধ্য দিয়ে তার পথ হাঁটতে লাগল
"Das war die dümmste Teeparty, auf der ich je war"
"এটি আমার দেখা সবচেয়ে বোকা চা–পার্টি ছিল"
Gerade als sie das sagte, bemerkte sie etwas
কথাটা বলতেই একটা জিনিস খেয়াল করলেন তিনি
Einer der Bäume hatte eine Tür, die direkt hineinführte
একটা গাছের ঠিক ভেতরে ঢোকার দরজা ছিল
»Das ist sehr interessant!« dachte sie
"এটা খুব আকর্ষণীয়!" সে ভেবেছিল
"Ich denke, ich kann genauso gut durch die Tür gehen"
"আমার মনে হয় আমিও দরজা দিয়ে ঢুকতে পারি"
Und durch die Tür ging sie
আর দরজা দিয়ে ঢুকল সে

Wieder befand sie sich in der langen Halle

আরেকবার সে নিজেকে আবিষ্কার করল লম্বা হলঘরে

Wieder stand sie dicht an dem kleinen Glastisch

আবার সে ছোট্ট কাচের টেবিলের কাছাকাছি এসে দাঁড়াল

Sie nahm den kleinen goldenen Schlüssel

সে ছোট্ট সোনার চাবিটা নিল

und sie schloß die Tür auf, die in den Garten führte

এবং তিনি বাগানে যাওয়ার দরজাটি খুললেন

Dann machte sie sich daran, an dem Pilz zu knabbern

এরপর তিনি মাশরুম খেয়ে কাজ শুরু করেন

Sie hatte ein Stück des Pilzes in ihrer Tasche aufbewahrt

তিনি মাশরুমের একটি টুকরো তার পকেটে রেখেছিলেন

Und schließlich war sie etwa einen Meter groß

এবং অবশেষে সে প্রায় এক মিটার লম্বা ছিল

dann ging sie den kleinen Korridor hinunter

তারপর ছোট্ট করিডোর ধরে হাঁটতে লাগল

Und dann fand sie sich endlich in dem schönen Garten wieder

এবং তারপর অবশেষে তিনি নিজেকে সুন্দর বাগানে খুঁজে পেয়েছিলেন

Und sie war zwischen den hellen Blumen und den kühlen Springbrunnen

এবং তিনি উজ্জ্বল ফুল এবং শীতল ঝর্ণাগুলির মধ্যে ছিলেন

Der Krocketplatz der Königinnen
রানির ক্রোকেট গ্রাউন্ড

Ein großer Rosenstrauch stand in der Nähe des Eingangs des Gartens

বাগানের প্রবেশপথের কাছে একটা বড় গোলাপ গাছ দাঁড়িয়ে আছে

Die Rosen, die an dem Baum wuchsen, waren weiß

গাছে বেড়ে ওঠা গোলাপগুলো ছিল সাদা

aber es waren drei Gärtner, die die Rose bemalten

কিন্তু তিনজন মালি গোলাপ রঙ করছিলেন

Sie waren damit beschäftigt, die Rosen rot zu färben

তারা গোলাপকে লাল রঙে রাঙাতে ব্যস্ত ছিল

und Alice sah zu, wie sie die Rosen rot färbten

এবং অ্যালিস তাদের গোলাপগুলি লাল রঙে রাঙানো দেখছিল

und plötzlich fielen ihre Augen zufällig auf Alice

এবং হঠাৎ তাদের চোখ অ্যালিসের উপর পড়ল

Alice sprach ein wenig schüchtern

অ্যালিস একটু ভয়ে ভয়ে কথা বলল

»Würden Sie es mir bitte sagen?«

"আপনি কি দয়া করে আমাকে বলবেন;"

"Warum malt ihr alle diese Rosen?"

"তোমরা সবাই এই গোলাপগুলো আঁকছো কেন?

Fünf und Sieben sagten nichts, sondern sahen zwei an

পাঁচ-সাত কিছু বলল না, দুজনের দিকে তাকাল

zwei Sprecher, mit leiser Stimme

দুজন নিচু গলায় কথা বলল

»Nun, die Sache ist die, sehen Sie, gnädige Frau.«

"কেন, আসল কথা হল, আপনি দেখুন, ম্যাডাম"

"Das hier hätte ein roter Rosenstrauch sein sollen"

"এটা একটা লাল গোলাপ গাছ হওয়া উচিত ছিল"

"Und wir haben aus Versehen einen weißen Rosenstrauch hineingesetzt"

"এবং আমরা ভুল করে একটি সাদা গোলাপ-গাছ রেখেছি"

"Wie Sie mir zustimmen würden, darf die Königin es nicht herausfinden"

"আপনি যেমন একমত হবেন, রানী অবশ্যই খুঁজে বের করবেন না"

"Sonst würden wir uns allen die Köpfe abschneiden"

তা না হলে আমাদের সবার মাথা কেটে ফেলা হতো

"Sie sehen also, gnädige Frau, wir tun unser Bestes"

"তাহলে আপনি দেখুন ম্যাডাম, আমরা আমাদের যথাসাধ্য চেষ্টা করছি"

Karte fünf hatte ängstlich über den Garten geschaut

কার্ড ফাইভ উদ্বিগ্ন হয়ে বাগানের দিকে তাকিয়ে ছিল

In diesem Augenblick rief die fünfte Karte: "Die Königin! Die Königin!"

এমন সময় পাঁচ নম্বর কার্ড ডেকে উঠল, "রানী! রানী!"

und die drei Gärtner eilten augenblicklich davon

আর তিনজন মালি তৎক্ষণাৎ ছুটে চলে গেল

und sie warfen sich flach auf ihre Gesichter

এবং তারা তাদের মুখের উপর চ্যাপ্টা হয়ে গেল

Man hörte das Geräusch vieler Schritte

অনেকগুলো পায়ের শব্দ হলো

Alice sah sich um, begierig darauf, die Königin zu sehen

অ্যালিস চারদিকে তাকাল, রানীকে দেখার জন্য উৎসুক

Am Anfang des Zuges standen zehn Soldaten

মিছিলের শুরুতে দশ জন সৈন্য ছিল

Ihre Hände und Füße waren in den Ecken

তাদের হাত-পা ছিল এক কোণে

und in ihren Händen und Füßen waren Keulen

আর তাদের হাতে ও পায়ে ছিল লাঠি

Als nächstes kamen die zehn Höflinge

এরপর এলেন দশজন সভাসদ

die Höflinge waren über und über mit Diamanten geschmückt

সভাসদদের সর্বত্র হীরে দিয়ে সাজানো হয়েছিল

Nach den Höflingen kamen die königlichen Kinder

সভাসদদের পরে রাজ সন্তানরা এসেছিল

Es waren zehn der königlichen Kinder

রাজকীয় সন্তানদের মধ্যে দশজন ছিল

und alle königlichen Kinder waren mit Herzen geschmückt

এবং সমস্ত রাজকীয় সন্তানদের হৃদয় দিয়ে অলংকৃত করা হয়েছিল

Dann kamen die Gäste; Meist Könige und Königinnen

এরপর আসেন অতিথিরা; বেশিরভাগই রাজা ও রানী

und unter den Königen und Königinnen sah Alice jemanden

এবং রাজা এবং রানী অ্যালিসের মধ্যে একজনকে দেখেছিল

Sie sah wieder das weiße Kaninchen, das sie gejagt hatte

সে আবার দেখতে পেল যে সাদা খরগোশটিকে সে তাড়া করেছিল

Der Prozession folgte der Spitzbube der Herzen

শোভাযাত্রাটি হৃদয়ের নম্ন অনুসরণ করেছিল

Er trug die Krone des Königs

তিনি রাজার মুকুট বহন করছিলেন

und die Krone des Königs lag auf einem purpurnen Samtkissen

আর রাজার মুকুট ছিল লাল মখমলের কুশনের ওপর

Und dann kam das Ende dieser großen Prozession

আর তারপরই এই বিশাল শোভাযাত্রার সমাপ্তি ঘটে

Und da waren am Ende der König und die Königin der Herzen

এবং সেখানে শেষে রাজা এবং হৃদয়ের রানী ছিলেন

der Zug kam Alice gegenüber

মিছিলটি অ্যালিসের বিপরীতে এসেছিল

Und alle blieben stehen und sahen sie an

সবাই থমকে দাঁড়িয়ে তার দিকে তাকাল

Und die Königin sprach streng: "Wer ist das?"

রানী গম্ভীর গলায় কহিলেন, "ইনি কে?"

Sie sagte es zum Herzknaben

তিনি হৃদয়ের নাভকে এটি বলেছিলেন

aber er verbeugte sich nur und lächelte als Antwort

কিন্তু প্রত্যুত্তরে তিনি শুধু মাথা নিচু করে হাসলেন

Alice sprach sehr höflich

অ্যালিস খুব নম্রভাবে কথা বলল

"Mein Name ist Alice, also bitte, Eure Majestät"

"আমার নাম অ্যালিস, তাই দয়া করে আপনার মহিমা"

Aber sie hatte andere Gedanken für sich

কিন্তু তার নিজের মনে অন্য চিন্তা ছিল

"Es ist doch nur ein Kartenspiel!"

"তারা কেবল তাসের একটি প্যাকেট, সর্বোপরি!"

»Kannst du Krocket spielen?« rief die Königin

"তুমি কি ক্রোকেট খেলতে পারো?" রানী চিৎকার করে উঠলেন

Die Frage war offenbar an Alice gerichtet

প্রশ্নটা স্পষ্টতই অ্যালিসের জন্য ছিল

"Ja!" sagte Alice laut

"হ্যাঁ!" অ্যালিস জোরে বলল

"Komm also spielen!" brüllte die Königin

রানী গর্জে উঠলেন, "তাহলে খেলো!"

sprach eine schüchterne Stimme zu Alice

ভীরু কণ্ঠে অ্যালিসের সঙ্গে কথা বলল

"Es ist ein sehr schöner Tag!"

"এটা খুব সুন্দর দিন!"

Sie ging an dem weißen Kaninchen vorbei

সে সাদা খরগোশের পাশ দিয়ে হেঁটে যাচ্ছিল

und das weiße Kaninchen guckte ihr ängstlich ins Gesicht

আর সাদা খরগোশ উদ্বিগ্নভাবে তার মুখের দিকে উঁকি দিচ্ছিল

»ein sehr schöner Tag,« bestätigte Alice

"সত্যিই খুব সুন্দর দিন," অ্যালিস নিশ্চিত করেছে

»Wo ist die Herzogin?«

"ডাচেস কোথায়?"

»Still! Still!" sagte das Kaninchen

"ছিঃ! হুশ!" থরগোশ বলল

"Sie ist zum Tode verurteilt"

'তার ফাঁসির সাজা চলছে'

»Wofür wird sie hingerichtet?« fragte Alice

"কিসের জন্য তাকে মৃত্যুদণ্ড দেওয়া হচ্ছে?" অ্যালিস জিজ্ঞাসা করল

"Sie hat der Königin die Ohren abgewetzt", begann das Kaninchen

থরগোশ শুরু করল, "সে রানির কান ঝালাপালা করে দিল

schrie die Königin mit Donnerstimme

রানী বজ্রপাতের সুরে চিৎকার করে উঠলেন

"Ran an eure Plätze!"

"তোমার জায়গায় যাও!"

Und die Leute rannten in alle Richtungen herum

আর লোকজন চারদিকে দৌড়াদৌড়ি শুরু করল

Und sie fielen alle aneinander

এবং তারা সবাই একে অপরের বিরুদ্ধে ঝাঁপিয়ে পড়ল

Sie hatten sich jedoch in ein oder zwei Minuten beruhigt

তবে দু-এক মিনিটের মধ্যেই থিতু হয়ে যান তারা

Und dann begann das Spiel

এরপর খেলা শুরু হয়

Alice hatte noch nie einen so merkwürdigen Krocketplatz gesehen

অ্যালিস এমন অদ্ভুত ক্রোকেট গ্রাউন্ড কখনও দেখেনি

Das Gras bestand nur aus Graten und Furchen

ঘাস সবই ছিল খাড়া আর খাঁজকাটা

Die Krocketbälle waren echte Igel

ক্রোকেট বলগুলি ছিল আসল হেজহগ

und die Schlägel waren echte Flamingos

আর ম্যালেটগুলো ছিল আসল ফ্লেমিঙ্গো

und die Soldaten standen auf Händen und Füßen

আর সৈন্যরা হাত-পা ভর দিয়ে দাঁড়িয়ে রইল

weil die Bögen aus ihren Körpern gemacht wurden

কারন খিলানগুলো তাদের শরীর থেকে তৈরি হয়েছিল

Die Spieler spielten alle gleichzeitig

খেলোয়াড়রা সবাই একসঙ্গে খেলেছে।

Niemand wartete, bis er an der Reihe war

কেউ তাদের পালার জন্য অপেক্ষা করেনি

und jeder stritt sich mit jedem

আর সবার সাথে ঝগড়া লেগে গেল

und alle kämpften für die Igel

এবং সবাই সজারুর জন্য লড়াই করছিল

Bald geriet die Königin in eine wütende Leidenschaft

অচিরেই রাণী প্রচণ্ড আবেগে আক্রন্ত হয়ে পড়লেন

Und sie fing an, herumzustampfen und zu schreien

আর সে এদিক ওদিক তাকাতে লাগল আর চিৎকার করতে লাগল

»Hacken Sie ihm den Kopf ab!«

"ওর মাথা কেটে ফেল!"

"Hack ihr den Kopf ab!"

"ওর মাথা কেটে ফেল!"

"Hackt ihnen alle Köpfe ab!"

"ওদের সবার মাথা কেটে ফেল!"

Wieder dachte Alice bei sich.

আবার অ্যালিস মনে মনে ভাবল

"Sie lieben es schrecklich, hier Menschen zu enthaupten"

"তারা এখানে মানুষের শিরশ্ছেদ করতে ভয়ঙ্কর শখ"

"Das große Wunder ist, dass überhaupt noch jemand am Leben ist!"

"সবচেয়ে আশ্চর্যের বিষয় হল যে কেউ বেঁচে আছে!"

Sie sah sich nach einem Ausweg um

সে পালানোর কোন পথ খুঁজছিল

Sie bemerkte eine merkwürdige Erscheinung in der Luft

বাতাসে একটা অদ্ভুত চেহারা লক্ষ্য করল সে

»Es ist die Cheshire-Katze,« sagte sie zu sich selbst

"এটা চেশায়ার–বিড়াল," সে নিজেকে বলল

"Jetzt habe ich jemanden, mit dem ich reden kann"

"এখন আমি কারও সাথে কথা বলব"

"Wie geht es dir?" fragte die Katze

বিড়াল বলল, "কেমন আছো তুমি?"

»Ich glaube nicht, daß sie ganz und gar fair spielen«, sagte Alice

অ্যালিস বললেন, 'আমার মনে হয় না তারা মোটেও নিরপেক্ষভাবে খেলে

Und sie hatte einen ziemlich klagenden Ton

এবং তার বরং অভিযোগের সুর ছিল

"Sie streiten sich alle so fürchterlich"

"তারা সবাই এত ভয়ঙ্করভাবে ঝগড়া করে"

"Man hört sich selbst nicht sprechen"

'নিজের কথা শোনা যায় না'

"Und sie scheinen sich nicht an irgendwelche Regeln zu halten"

"এবং তারা কোনও নিয়ম দ্বারা খেলবে বলে মনে হয় না"

die Katze stellte Alice mit leiser Stimme eine Frage

বিড়ালটি নিচু স্বরে অ্যালিসকে একটি প্রশ্ন জিজ্ঞাসা করল

"Wie gefällt dir die Königin?"

'কেমন লেগেছে রানী?

»Ich mag sie gar nicht,« sagte Alice

"আমি তাকে মোটেই পছন্দ করি না," অ্যালিস বলল

Alice dachte, sie könnte genauso gut zurückgehen

অ্যালিস ভেবেছিল সে ফিরে যেতে পারে

Sie wollte sehen, wie das Spiel läuft

তিনি দেখতে চেয়েছিলেন খেলা কেমন চলছে

Sie machte sich auf die Suche nach ihrem Igel

সে তার সজারুর খোঁজে বেরিয়েছিল

Der Igel war damit beschäftigt, gegen einen anderen Igel zu kämpfen

সজারু আরেক সজারুর সঙ্গে লড়াইয়ে ব্যস্ত

Das war eine ausgezeichnete Gelegenheit

এইটি একটি চমৎকার সুযোগ ছিল

Sie konnte einen Igel mit dem anderen krocketen

তিনি একটি হেজহগকে অন্যটির সাথে ক্রোকেট করতে পারতেন

Aber ihr Flamingo war auf der anderen Seite des Gartens

কিন্তু তার ফ্লেমিঙ্গো ছিল বাগানের অন্য প্রান্তে

Der Flamingo war ziemlich tollpatschig

ফ্লেমিংগো বরং আনাড়ি ছিল

Ihr Flamingo versuchte, gegen einen Baum zu fliegen

তার ফ্লেমিঙ্গো একটি গাছে উড়ে যাওয়ার চেষ্টা করছিল

Sie packte den Flamingo am Bein

সে ফ্লেমিঙ্গোর পা ধরে ফেলে

Und sie schob sich den Flamingo unter den Arm

এবং সে ফ্লেমিঙ্গোটি তার বগলের নীচে গুঁজে দিল

So konnte der Flamingo nicht mehr entkommen

এভাবে ফ্লেমিংগো আর পালাতে পারবে না

In diesem Augenblick traf Alice zufällig die Herzogin

ঠিক তখনই অ্যালিসের সাথে ডাচেসের দেখা হয়

Die Herzogin war nun aus dem Gefängnis entlassen worden

ডাচেস এখন কারাগারের বাইরে ছিলেন

Sie schob ihren Arm liebevoll unter Alices Arm

সে অ্যালিসের বাহুর নীচে স্নেহের সাথে তার হাতটি গুঁজে দিল

Und dann gingen sie zusammen fort

এরপর তারা একসঙ্গে চলে যান

Alice war sehr froh, sie in so angenehmer Laune zu finden

অ্যালিস তাকে এমন মনোরম মেজাজে পেয়ে খুব খুশি হয়েছিল

Sie erschrak jedoch ein wenig

তিনি অবশ্য একটু চমকে উঠলেন

Sie hörte die Stimme der Herzogin dicht an ihrem Ohr

কানের কাছে ডাচেসের গলার আওয়াজ শুনতে পেল সে

"Du denkst über etwas nach, meine Liebe"

"তুমি কিছু একটা ভাবছো প্রিয়তমা"

"Und das lässt dich das Reden vergessen"

"এবং এটি আপনাকে কথা বলতে ভুলিয়ে দেয়"

»Das Spiel geht jetzt etwas besser«, sagte Alice

অ্যালিস বলেন, 'খেলা এখন আরও ভালো হচ্ছে

Es war eine Möglichkeit, das Gespräch am Laufen zu halten

এটা ছিল কথোপকথন চালিয়ে যাওয়ার একটা উপায়

»So ist es,« sagte die Herzogin

"সত্যিই তাই," ডাচেস বলল

"Und die Moral davon ist folgende."

"এবং এর নৈতিকতা হ'ল:

"Es ist die Liebe, die alles macht!"

"ভালোবাসাই সব কিছু করে!"

"Liebe ist das, was die Welt bewegt"

"ভালোবাসাই পৃথিবীকে ঘুরিয়ে বেড়ায়"

Alice hatte eine andere Erklärung

অ্যালিসের অন্য ব্যাখ্যা ছিল

"Das macht jeder, der sich um seine eigenen
Angelegenheiten kümmert!"

"এটা সবাই নিজের কাজে মন দিয়ে করেছে!"

»Ah, gut! Du könntest Recht haben"

"আচ্ছা, আচ্ছা! তুমি ঠিক হতে পারো"

»Es bedeutet alles ziemlich dasselbe,« sagte die Herzogin

"এটি সব একই জিনিস মানে," ডাচেস বলেন

und sie grub ihr spitzes kleines Kinn in Alices Schulter

এবং সে তার তীক্ষ্ণ ছোট্ট চিবুকটি অ্যালিসের কাঁধে খুঁড়ে
দিল

"Und die Moral davon ist folgende"

"এবং এর নৈতিকতা হ'ল"

"Kümmere dich um die Sinne"

"বুদ্ধির যত্ন নিন"

"Und dann erledigen sich die Klänge von selbst"

"এবং তারপর শব্দ নিজেদের যত্ন নিতে হবে"

Aber dann fing der Arm der Herzogin an zu zittern

কিন্তু এরপরই ডাচেসের হাত কাঁপতে শুরু করে

Alice blickte auf und da stand die Königin

অ্যালিস তাকিয়ে দেখল রানী দাঁড়িয়ে আছে

Die Königin hatte die Arme verschränkt

রানী হাত জোড় করে বেঁধে রেখেছিলেন

Und sie runzelte die Stirn wie ein Gewitter!

আর সে বজ্রপাতের মতো ভুরু কুঁচকে যাচ্ছিল!

»Ich warne dich!« schrie die Königin

রাণী চিৎকার করিয়া কহিলেন, "আমি তোমাদিগকে ন্যায্য সাবধান করিয়া দিচ্ছি

Und sie stampfte auf den Boden, während sie sprach

আর কথা বলতে বলতে মাটিতে লুটিয়ে পড়লেন তিনি

"Entweder dein Kopf oder ihr Kopf muss ausgeschaltet sein"

"হয় আপনার মাথা বা তার মাথা কাটা উচিত"

"Treffen Sie Ihre Wahl!"

"আপনার পছন্দ নিন!"

"Und beeilen Sie sich"

"এবং এ ব্যাপারে তাড়াতাড়ি কর"

Die Herzogin traf ihre Wahl

ডাচেস তার সিদ্ধান্ত নিয়েছে

und in einem Augenblick war die Herzogin verschwunden

এবং এক মুহূর্তের মধ্যে ডাচেস চলে গেল

Da sprach die Königin zu Alice

এরপর রানি অ্যালিসের সঙ্গে কথা বললেন

"Weiter geht's mit dem Spiel"

"খেলা চালিয়ে যাক"

Alice war zu erschrocken, um ein Wort zu sagen

অ্যালিস একটি কথাও বলতে খুব ভয় পেয়েছিল

und langsam folgte sie ihrem Rücken zum Krocketplatz

এবং সে আস্তে আস্তে তার পিছু পিছু ক্রোকেট–গ্রাউন্ডে ফিরে গেল

Die ganze Zeit stritt sich die Dame mit den anderen Spielern

পুরোটা সময় রানী অন্য খেলোয়াড়দের সাথে ঝগড়া করেছিলেন

»Hacken Sie ihm den Kopf ab!«

"ওর মাথা কেটে ফেল!"

"Hack ihr den Kopf ab!"

"ওর মাথা কেটে ফেল!"

"Hackt ihnen alle Köpfe ab!"

"ওদের সবার মাথা কেটে ফেল!"
Bald waren alle Spieler in Gewahrsam
শীঘ্রই সমস্ত খেলোয়াড়কে হেফাজতে নেওয়া হয়েছিল
nur der König, die Königin und Alice blieben zurück
কেবল রাজা, রানী এবং অ্যালিস রয়ে গেল
Da ging die Königin, ganz außer Atem
তারপর রানী চলে গেলেন, বেশ দম বন্ধ হয়ে গেল
und sie ging mit Alice fort
এবং তিনি অ্যালিসের সাথে চলে গেলেন
Alice hörte, wie der König leise etwas sagte
অ্যালিস শুনতে পেল রাজা নিঃশব্দে কিছু বলছেন
"Ihr seid alle begnadigt"
'তোমাদের সবাইকে ক্ষমা করা হলো'
aber plötzlich hörte man einen neuen Schrei
কিন্তু হঠাৎ আরেকটা কান্নার শব্দ শোনা গেল
"Der Prozess beginnt!"
"বিচার শুরু হচ্ছে!
und Alice lief mit den andern
এবং অ্যালিস অন্যদের সাথে দৌড় দিল

Wer hat die Torten gestohlen?

কারা চুরি করেছে টার্টস?

Der Herzkönig und die Herzkönigin saßen

হৃদয়ের রাজা ও রানী উপবিষ্ট ছিলেন

sie saßen auf ihrem Thron, als Alice ankam

অ্যালিস আসার সময় তারা তাদের সিংহাসনে ছিল

Eine große Menschenmenge war um sie herum versammelt

তাদের চারপাশে প্রচুর ভিড় জমে গিয়েছিল

Es gab allerlei kleine Vögel und Bestien

সেখানে হরেক রকমের ছোট ছোট পাখি ও জন্তু ছিল

Und da war das ganze Kartenspiel

আর তাসের পুরো প্যাকেট ছিল

Der Spitzbube stand in Ketten vor ihnen

তাদের সামনে শিকল বেঁধে দাঁড়িয়ে ছিল ছুরিকাঘাত

und auf jeder Seite war ein Soldat, der ihn bewachte

এবং তাকে পাহারা দেওয়ার জন্য উভয় পক্ষের একজন করে সৈন্য ছিল

in der Nähe des Königs war das weiße Kaninchen

রাজার কাছেই ছিল সাদা খরগোশ

Er hatte eine Trompete in der einen Hand

তার এক হাতে শিঙ্গা ছিল

Und in der andern Hand hielt er eine Pergamentrolle

আর তার অন্য হাতে ছিল পার্চমেন্টের পুঁথি

In der Mitte des Platzes stand ein Tisch

কোর্টের একদম মাঝখানে একটা টেবিল ছিল

Auf dem Tisch stand eine große Schüssel mit Torten

টেবিলের উপর একটা বড় থালা ছিল টার্ট

"Ich wünschte, sie würden den Prozess zu Ende bringen", dachte Alice

"আমি আশা করি তারা বিচারটি সম্পন্ন করবে," অ্যালিস ভেবেছিল

"Dann könnten wir etwas von diesen Erfrischungen essen!"

"তাহলে আমরা কিছু রিফ্রেশমেন্ট খেতে পারতাম।"

Der Richter war übrigens der König

প্রসঙ্গত, বিচারক ছিলেন রাজা

und er trug seine Krone über seiner großen Perücke

এবং তিনি তার বিশাল পরচুলার উপর তার মুকুট পরিধান করেছিলেন

»Das ist die Loge der Geschworenen!« dachte Alice

"এটাই জুরি-বক্স," অ্যালিস ভাবল

"Und diese zwölf Geschöpfe, ich nehme an, sie sind die Geschworenen"

"এবং ঐ বারোটি প্রাণী, আমি মনে করি তারা জুরি"

einige waren Tiere, andere waren Vögel

কেউ পশু, কেউ পাখি

In diesem Augenblick schrie das weiße Kaninchen auf

ঠিক তখনই সাদা খরগোশ চিৎকার করে উঠল

"Schweigen im Gericht!"

'আদালতে নীরবতা'!

»Herold, lesen Sie die Anklage!« sagte der König

রাজা বললেন, "হেরাল্ড, অভিযোগটা পড়ে দেখো!"

Das weiße Kaninchen blies drei Stöße auf die Trompete

সাদা খরগোশ তূরীতে তিনবার ফুঁ দিল

dann entrollte er die Pergamentrolle

তারপর পার্চমেন্ট-স্ক্রলটা খুলে ফেলল

Und er las folgendes:

এবং তিনি নিম্নরূপ পাঠ করেন:

"Die Königin der Herzen, sie hat ein paar Torten gebacken."

"হৃদয়ের রানী, সে কিছু টার্ট তৈরি করেছে,"

"All das tat sie an einem Sommertag"

"এই সব সে গ্রীষ্মের দিনে করেছিল"

"Der Schurke der Herzen, er hat diese Torten gestohlen"

"হৃদয়ের ছুরি, সে সেই টার্টগুলি চুরি করেছে"

"Und er hat diese Torten weit weg gebracht!"

"আর সেই টার্টগুলো নিয়ে গেছে অনেক দূরে!"

»Rufen Sie den ersten Zeugen,« sagte der König

"প্রথম সাক্ষীকে ডাকুন," রাজা বললেন

und das weiße Kaninchen blies drei Stöße auf die Trompete

আর সাদা খরগোশ শিঙায় তিনবার ফুঁ দিল

»Bringt den ersten Zeugen!« rief er

"প্রথম সাক্ষীকে নিয়ে এসো!" সে চিৎকার করে বলল

Der erste Zeuge war der Hutmacher

প্রথম সাক্ষী ছিলেন টুপি প্রস্তুতকারক

Er kam mit einer Teetasse in der einen Hand herein

এক হাতে চায়ের কাপ নিয়ে ঢুকল

Und in der anderen Hand hatte er ein Stück Brot und Butter

আর তার অন্য হাতে ছিল এক টুকরো রুটি আর মাখন

»Du hättest fertig sein sollen,« sagte der König

রাজা বললেন, "তোমার কাজ শেষ করা উচিত ছিল

"Wann hast du angefangen?"

"কবে থেকে শুরু করলেন?"

Der Hutmacher schaute sich den Märzhasen an

টুপি প্রস্তুতকারক মার্চের খরগোশের দিকে তাকাল

Der Märzhase war ihm in den Hof gefolgt

মার্চ হেয়ার তার পিছু পিছু দরবারে ঢুকেছিল
Er war Arm in Arm mit dem Siebenschläfer gegangen
ডরমাউসের সঙ্গে হাত ধরাধরি করে হেঁটেছিলেন তিনি
»Ich glaube, es war der vierzehnte März«, sagte er
"চৌদ্দ মার্চ, আমি মনে করি," তিনি বলেছিলেন
»Geben Sie Ihre Aussage,« sagte der König
রাজা বললেন, 'সাক্ষ্য দাও
"Und sei nicht nervös, sonst lasse ich dich auf der Stelle
hinrichten"
"আর নার্ভাস হয়ো না, নইলে আমি তোমাকে ঘটনাস্থলেই
মৃত্যুদণ্ড দেব"
Das schien den Zeugen überhaupt nicht zu ermutigen
এতে সাক্ষীকে মোটেও উৎসাহিত করা হয়েছে বলে মনে
হয়নি
Er rutschte immer wieder von einem Fuß auf den anderen
এক পা থেকে আরেক পায়ে নড়াচড়া করতে লাগল
und er sah die Königin unruhig an
এবং তিনি অস্বস্তিতে রানীর দিকে তাকালেন
und in seiner Verwirrung biß er ein großes Stück aus seiner
Teetasse
এবং, তার বিভ্রান্তির মধ্যে, তিনি তার চায়ের কাপ থেকে
একটি বড় টুকরো কামড়েছিলেন
Eigentlich wollte er von seinem Brot und seiner Butter
beißen
সত্যিই তিনি তার রুটি এবং মাখন থেকে কামড় দিতে
চেয়েছিলেন
In diesem Augenblick fühlte Alice eine sehr merkwürdige
Empfindung
ঠিক এই মুহূর্তে অ্যালিস একটি খুব কৌতূহলী সংবেদন
অনুভব করেছিল
Sie fing an, wieder größer zu werden
সে আবার বড় হতে শুরু করেছিল
Der unglückliche Hutmacher ließ seine Teetasse fallen

হতভাগ্য টুপি প্রস্তুতকারক তার চায়ের কাপ ফেলে দিল

und das Brot und die Butter fielen zu Boden

এবং রুটি এবং মাখন মাটিতে পড়ে গেল

und er fiel auf die Knie

এবং তিনি এক হাঁটু গেড়ে বসলেন

»Ich bin ein armer Mann, Eure Majestät,« begann er

"আমি একজন দরিদ্র মানুষ, মহারাজ," তিনি শুরু করলেন

»Du bist ein sehr schlechter Redner,« sagte der König

রাজা বললেন, "আপনি খুব খারাপ বক্তা

»Du darfst gehen,« sagte der König

রাজা বললেন, "তুমি যেতে পারো

und der Hutmacher verließ eilig den Hof

আর টুপি প্রস্তুতকারক তড়িঘড়ি করে আদালত ত্যাগ করেন

»Rufen Sie den nächsten Zeugen her!« sagte der König

"পরের সাক্ষীকে ডাকুন!" রাজা বললেন

Der nächste Zeuge war die Köchin der Herzogin

পরের সাক্ষী ছিলেন ডাচেসের বাবুর্চি

Sie trug die Pfefferdose in der Hand

সে হাতে মরিচের বাক্সটা নিয়ে গেল

Und die Leute in der Nähe der Tür fingen auf einmal an zu niesen

আর দরজার কাছের লোকজন একযোগে হাঁচি দিতে শুরু করল

»Geben Sie Ihre Aussage,« sagte der König

রাজা বললেন, 'সাক্ষ্য দাও

»Ich will nichts beweisen,« sagte die Köchin

বাবুর্চি বলল, "আমি কোনও প্রমাণ দেব না

Der König sah das weiße Kaninchen ängstlich an

রাজা উদ্বিগ্ন চোখে সাদা খরগোশের দিকে তাকালেন

Und das weiße Kaninchen sprach mit leiser Stimme

আর সাদা খরগোশ শান্ত গলায় কথা বলল

"Eure Majestät müssen diesen Zeugen ins Kreuzverhör nehmen"

"মহারাজ অবশ্যই এই সাক্ষীকে জেরা করবেন"

»Nun, wenn ich muß, so muß ich,« sagte der König

রাজা বললেন, "আচ্ছা, যদি করতেই হয়, আমাকে করতেই হবে

"Woraus bestehen Torten?"

"টার্টগুলি কী দিয়ে তৈরি?"

»Torten werden meistens aus Pfeffer gemacht«, sagte die Köchin

বাবুর্চি বলল, "টার্টগুলি বেশিরভাগ গোলমরিচ দিয়ে তৈরি হয়

Einige Minuten lang war der ganze Hof in Verwirrung

কয়েক মিনিটের জন্য পুরো আদালত বিভ্রান্তিতে ছিল

Schließlich ließen sie sich alle wieder nieder

অবশেষে তারা সবাই আবার খিতু হলো

Aber da war die Köchin schon verschwunden

কিন্তু ততক্ষণে বাবুর্চি উধাও হয়ে গেছে

»Macht nichts!« sagte der König

রাজা বললেন, "কিছু মনে করবেন না

"Rufen Sie den nächsten Zeugen in den Zeugenstand"

"পরবর্তী সাক্ষীকে স্ট্যান্ডে ডাকুন"

Alice beobachtete das weiße Kaninchen, wie es an der Liste herumfummelte

অ্যালিস সাদা থরগোশের দিকে তাকিয়ে রইল যখন সে তালিকাটি নিয়ে ঝাঁকুনি দিচ্ছিল

Sie können sich vorstellen, wie überrascht sie war, als sie das hörte, was sie als nächstes hörte

আপনি কল্পনা করতে পারেন যে তিনি পরবর্তী যা শুনেছেন তাতে তিনি অবাক হয়েছেন

Mit lauter schriller kleiner Stimme rief er den Namen »Alice!«

তার তীক্ষ্ণ ছোট্ট কন্ঠস্বরের শীর্ষে, তিনি নামটি "অ্যালিস" বলে ডাকলেন!

Alices Beweise
অ্যালিসের প্রমাণ

»Hier!« rief Alice

"এখানে!" অ্যালিস চিৎকার করে উঠল

Sie sprang in großer Eile auf

সে খুব তাড়াহুড়ো করে লাফিয়ে উঠল

und sie kippte die Geschworenenloge um

এবং তিনি জুরি-বক্সে উল্টে গেলেন

und sie warf alle Geschworenen um

এবং তিনি সমস্ত জুরিম্যানকে ছিটকে ফেলেছিলেন

und sie fielen auf die Köpfe der Menge unten

এবং তারা নীচে জনতার মাথার উপর পড়ে গেল

Alice war in großer Bestürzung

অ্যালিস খুব হতাশ হয়ে পড়েছিল

»Oh, ich bitte um Verzeihung!« rief sie aus

"ওহ, আমি আপনার কাছে ক্ষমা প্রার্থনা করছি!" সে চিৎকার করে উঠল

»Der Prozeß kann nicht fortgesetzt werden,« sagte der König

রাজা বললেন, "বিচার এগোতে পারে না

"Die Geschworenen müssen wieder an ihre angestammten Plätze zurückkehren"

"জুরিম্যানদের অবশ্যই তাদের যথাযথ জায়গায় ফিরে যেতে হবে"

Er wiederholte den Befehl mit großem Nachdruck

তিনি খুব জোর দিয়ে আদেশটি পুনরাবৃত্তি করেছিলেন

und er sah Alice streng an

এবং তিনি কঠোরভাবে অ্যালিসের দিকে তাকালেন

"Was weißt du über diese Ereignisse?" fragte der König Alice

"আপনি এই ঘটনাগুলি সম্পর্কে কী জানেন?" রাজা অ্যালিসকে জিজ্ঞাসা করলেন

»Ich weiß nichts von der Sache,« sagte Alice

"আমি এই বিষয়ে কিছুই জানি না," অ্যালিস বলল

Dann las der König aus seinem Buch vor

রাজা তখন তার বই থেকে পড়ে শোনালেন

"Regel zweiundvierzig"

"বিধি বিয়াল্লিশ"

"Alle Personen, die mehr als eine Meile hoch sind, sollen das Gericht verlassen"

"এক মাইলের বেশি উঁচু সমস্ত ব্যক্তিকে আদালত ছেড়ে যেতে হবে"

»Ich bin keine Meile hoch,« sagte Alice

"আমি এক মাইল উঁচু নই," অ্যালিস বলল

»Fast zwei Meilen hoch,« sagte die Königin

"প্রায় দুই মাইল উঁচু," রানী বললেন

»Nun, ich weigere mich zu gehen,« sagte Alice

"ঠিক আছে, আমি যেতে অস্বীকার করি," অ্যালিস বলল

Der König erbleichte

রাজা ফ্যাকাশে হয়ে গেলেন

und er schloß hastig sein Notizbuch

এবং তিনি তাড়াহুড়ো করে তার নোট-বইটি বন্ধ করলেন

»Überlegen Sie sich Ihr Urteil«, sagte er zu den Geschworenen

"আপনার রায় বিবেচনা করুন," তিনি জুরিকে বলেছিলেন

Er sprach mit leiser, zitternder Stimme

তিনি নিচু, কাঁপা কাঁপা কণ্ঠে কথা বললেন

Da sprach das weiße Kaninchen

তারপর সাদা খরগোশ কথা বলল

"Es werden noch mehr Beweise kommen"

'আরও প্রমাণ আসা বাকি

und er sprang in großer Eile auf

আর সে খুব তাড়াহুড়ো করে লাফিয়ে উঠল

"Dieses Papier wurde gerade abgeholt"

"এই কাগজটি এইমাত্র তোলা হয়েছে"

"Es scheint ein Brief des Gefangenen zu sein"

'মনে হচ্ছে এটা কয়েদির লেখা চিঠি

Er faltete das Papier auseinander, während er sprach

কথা বলতে বলতে কাগজটা খুললেন

"Es ist doch kein Brief"

'এটা কোনো চিঠি নয়'

"Was es war, war eine Reihe von Versen"

"এটি যা ছিল তা ছিল আয়াতের একটি সেট"

»Bitte, Eure Majestät,« sagte der Spitzbube

"দয়া করুন, মহারাজ," নভ বলল

"Ich habe diese Verse nicht geschrieben"

'আমি এই পঙক্তিগুলো লিখিনি

"und sie können nicht beweisen, dass ich etwas geschrieben habe"

"এবং তারা প্রমাণ করতে পারে না যে আমি কিছু লিখেছি"

"Am Ende ist kein Name unterschrieben"

'শেষে কোনো নাম স্বাক্ষর নেই'

Der König sprach mit dem Spitzbuben

রাজা নভের সাথে কথা বললেন

"Du musst vorgehabt haben, Unheil anzurichten"

"তুমি নিশ্চয়ই কোন দুষ্টুমি করতে চেয়েছিলে"

"Sonst hättest du wie ein ehrlicher Mann unterschrieben"

"নইলে তুমি সৎ লোকের মতো তোমার নাম স্বাক্ষর করতে পারতে"

Es gab ein allgemeines Händeklatschen

সাধারণ হাততালি ছিল

Und der König wandte sich an das weiße Kaninchen

আর রাজা সাদা থরগোশের দিকে ফিরলেন

»Lest die Verse!« befahl er.

তিনি আদেশ দিলেন, 'আয়াতগুলো পড়ো

Es herrschte Totenstille im Gerichtssaal

দরবারে নেমে আসে সুনসান নীরবতা

und das weiße Kaninchen las die Verse vor

আর সাদা থরগোশ আয়াতগুলো পাঠ করল

Sie sagten mir, du wärst bei ihr gewesen

তারা আমাকে বলেছিল যে তুমি তার কাছে গিয়েছিলে

Und sie erwähnten mich ihm gegenüber

এবং তারা আমাকে তার কাছে উল্লেখ করেছিল

Sie gab mir einen guten Charakter

তিনি আমাকে একটি ভাল চরিত্র দিয়েছেন

Aber sie sagte, ich könne nicht schwimmen

কিন্তু তিনি বলেন, আমি সাঁতার পারি না

Er ließ ihnen wissen, dass ich nicht gegangen sei

তিনি তাদের খবর পাঠিয়েছিলেন যে আমি যাইনি

Wir wissen, dass es wahr ist

আমরা জানি এটা সত্যি

Wenn sie die Sache vorantreiben sollte, was würde aus dir werden?

ও যদি ব্যাপারটা নিয়ে চাপ দেয়, তাহলে তোমার কী হবে?

Ich gab ihr einen, sie gaben ihm zwei

আমি তাকে একটি দিয়েছি, তারা তাকে দুটি দিয়েছে

Du hast uns drei oder mehr gegeben

আপনি আমাদের তিন বা ততোধিক দিয়েছেন

Sie sind alle von ihm zu dir zurückgekehrt

তারা সকলেই তাঁর কাছ থেকে আপনার কাছে ফিরে এসেছে

obwohl sie vorher meine waren

যদিও তারা আগে আমার ছিল

Wenn ich oder sie die Chance haben sollte,

যদি আমি বা সে সুযোগ হতে হবে

Wenn ich oder sie in diese Affäre verwickelt wäre

যদি আমি বা সে এই ঘটনার সাথে জড়িত থাকতাম

Er vertraut auf dich, dass du sie befreien wirst

তিনি তাদের মুক্ত করার জন্য আপনার উপর ভরসা করেন

Genau so wie wir waren

ঠিক যেমন আমরা ছিলাম

Ich hatte den Eindruck, dass Sie

আমার ধারণা ছিল যে আপনি ছিলেন

Bevor sie diesen Anfall hatte

তার আগে এই ফিট ছিল

Ein Hindernis, das dazwischen kam

এর মধ্যে যে বাধা এসেছিল

Er und wir und es

তাকে, এবং আমরা এবং এটি

Lass ihn nicht wissen, dass sie ihr am besten gefallen haben

তাকে জানতে দেবেন না যে তিনি তাদের সবচেয়ে বেশি পছন্দ করেছেন

Denn dies muss für immer ein Geheimnis bleiben, das vor allen anderen verborgen bleibt

কেননা ইহা চিরকাল গোপন থাকিতে হইবে, যাহা অন্য সকলের নিকট হইতে গোপন থাকিতে হইবে

Dieses Geheimnis muss ein Geheimnis zwischen dir und mir bleiben

এই রহস্য আপনার এবং আমার মধ্যে অবশ্যই গোপন

থাকবে

Der König war sehr beeindruckt

রাজা খুব মুগ্ধ হলেন

"Das ist das wichtigste Beweisstück, das wir bisher gehört haben"

"এটি এখন পর্যন্ত শোনা সবচেয়ে গুরুত্বপূর্ণ প্রমাণ"

»Ich glaube nicht, daß diese Verse auch nur ein Atom Bedeutung haben,« wandte Alice ein

"আমি বিশ্বাস করি না যে এই আয়াতগুলি অর্থের একটি পরমাণু বহন করে," অ্যালিস আপতি জানায়

der König hatte seine eigene Meinung zu dieser Angelegenheit

এ বিষয়ে রাজার নিজস্ব মতামত ছিল

"Wenn diese Worte keinen Sinn haben, erspart das eine Menge Ärger"

"যদি এই শব্দগুলির মধ্যে কোনও অর্থ না থাকে তবে এটি বিশ্বের সমস্যাগুলি বাঁচায়"

"Dann brauchen wir nicht zu versuchen, den Sinn zu finden"

"তাহলে আমাদের অর্থ খোঁজার চেষ্টা করার দরকার নেই"

"Lassen Sie die Geschworenen über ihr Urteil nachdenken"

"জুরিকে তাদের রায় বিবেচনা করতে দিন"

»Nein, nein!« sagte die Königin

"না, না!" রানী বললেন

"Erst die Verurteilung, dann das Urteil"

'আগে সাজা, পরে রায়'

"Zeug und Unsinn!" sagte Alice laut

"স্টাফ এবং বাজে কথা!" অ্যালিস জোরে বলল

"Wie dumm ist es, den Angeklagten zuerst zu verurteilen!"

"প্রথমে আসামিকে শাস্তি দেওয়া কতটা বোকামি!"

»Schweige!« sagte die Königin und färbte sich violett an
"জিভ সামলাও!" রানী বেগুনি হয়ে বললেন

"Ich werde nicht den Mund halten!" sagte Alice
"আমি আমার জিহ্বা ধরে রাখব না!" অ্যালিস বলল

schrie die Königin aus voller Kehle
রানী উচ্চস্বরে চিৎকার করে উঠলেন

"Hack ihr den Kopf ab!"
"ওর মাথা কেটে ফেল!"

Niemand machte eine Bewegung
কেউ আন্দোলন করেনি

"Wen kümmert es, was du sagst?" sagte Alice
"আপনি কী বলেন তাতে কার কী আসে যায়?" অ্যালিস বলল

Zu diesem Zeitpunkt war sie bereits zu ihrer vollen Größe

herangewachsen

তিনি এই সময়ের মধ্যে তার পূর্ণ আকারে বেড়ে উঠেছিলেন

"Du bist nichts als ein Kartenspiel!"

"তুমি এক প্যাকেট তাস ছাড়া আর কিছুই নও!"

Bei diesen Worten hoben sich alle Karten in die Luft

এই বলে সব তাস বাতাসে উঠে গেল

und alle Karten flogen auf sie herab

আর সব তাস উড়ে এসে পড়ল তার উপর

Sie stieß einen kleinen Schrei aus

সে একটু চিৎকার দিল

Sie war halb erschrocken, aber auch wütend

তিনি অর্ধেক ভয় পেয়েছিলেন, তবে রাগান্বিতও ছিলেন

Und sie versuchte, sich gegen die Karten zu wehren

এবং তিনি নিজের কাছ থেকে কার্ডগুলি লড়াই করার চেষ্টা করেছিলেন

Und dann fand sie sich auf der Grasbank liegend

আর তখনই সে নিজেকে ঘাসের পাড়ে শুয়ে থাকতে দেখল

Ihr Kopf lag im Schoß ihrer Schwester

তার মাথা ছিল বোনের কোলে

Einige abgestorbene Blätter waren auf ihrem Gesicht gelandet

কিছু মরা পাতা তার মুখে এসে পড়েছে

und ihre Schwester wischte vorsichtig die Blätter weg

আর তার বোন আস্তে আস্তে পাতা ঝেড়ে ফেলছিল

»Wach auf, liebe Alice!« sagte die Schwester

"জেগে ওঠো, অ্যালিস ডিয়ার!" তার বোন বলল

"Was für einen langen Schlaf hast du gehabt!"

'কী লম্বা ঘুম হয়েছে তোমার!

"Oh, ich habe so einen merkwürdigen Traum gehabt!" sagte Alice

"ওহ, আমি এমন একটি অদ্ভুত স্বপ্ন দেখেছি!" অ্যালিস বলল

Und sie erzählte ihrer Schwester alles, woran sie sich

erinnern konnte

এবং সে তার বোনকে তার যতটুকু মনে করতে পারে তা বলেছিল।

all die seltsamen Abenteuer, von denen Sie gerade gelesen haben

অদ্ভুত সব অ্যাডভেঞ্চার যা আপনি এইমাত্র পড়ছেন

Alice stand auf und rannte davon

অ্যালিস উঠে দৌড়ে চলে গেল

Und während sie lief, dachte sie an ihren Traum

দৌড়াতে দৌড়াতে সে তার স্বপ্নের কথা ভাবতে লাগল

"Was für ein wunderbarer Traum das gewesen war!"

"কী চমৎকার স্বপ্ন ছিল!

www.ingramcontent.com/pod-product-compliance
Lightning Source LLC
Chambersburg PA
CBHW011043190726
48290CB00011B/2982